D1919727

Der Heilbronner Schnitzaltar von Hans Seyfer

Herausgegeben von Andreas Pfeiffer und Reinhard Lambert Auer
Fotografien von Roland Bauer

Heilbronner Museumskatalog Nr. 76

Eine Publikation der Städtischen Museen Heilbronn
in Kooperation mit der Evangelischen Gesamtkirchengemeinde Heilbronn

© 1998 Städtische Museen Heilbronn,
Evangelische Gesamtkirchengemeinde Heilbronn und Autoren
2. Auflage 2000
ISBN 3-930811-86-3

Gedruckt mit Unterstützung:
Stadt Heilbronn
Kreissparkasse Heilbronn
Evangelische Gesamtkirchengemeinde Heilbronn
Förderverein für christliche Kunst an der Kilianskirche Heilbronn
Verein für Kirche und Kunst in der Württembergischen Landeskirche
Wachter GmbH, Bönnigheim

Der Heilbronner Schnitzaltar von Hans Seyfer

Herausgegeben von Andreas Pfeiffer und Reinhard Lambert Auer
Fotografien von Roland Bauer

Inhalt

Vorwort der Herausgeber

Die Stadt Heilbronn besitzt im Chor der Kilianskirche ein Hauptwerk der deutschen spätgotischen Skulptur von höchster Ausdruckskraft, das für den Skulpturenanspruch der Stadt bis heute zum grundlegenden Maßstab wurde. Dieser von Hans Seyfer geschaffene und 1498 datierte Schnitzaltar feierte 1998 seinen 500. Geburtstag.

Hans Seyfer ist erst 1502 als Bürger in Heilbronn nachweisbar. Dort leitete er eine größere Werkstatt für Holzschnitzwerke und Steinbildhauerei, die auch für auswärtige Auftraggeber aus Bürgertum und Klerus arbeitete. Nur wenige Arbeiten aus dieser Werkstatt haben sich bis heute erhalten. Diese Kunstwerke beweisen aber, daß Hans Seyfer neben Michael Pacher, Tilman Riemenschneider und Veit Stoß zu den bedeutendsten Bildhauerpersönlichkeiten der Zeit um 1500 in Deutschland gezählt werden muß.

Wir freuen uns außerordentlich, daß es anläßlich des Heilbronner Schnitzaltar-Jubiläums gelungen ist, die vorliegende Publikation zu erstellen. Zunächst hatten wir lediglich daran gedacht, die vorliegende Jubiläums-Publikation als einen reich bebilderten Fotoband mit beschreibenden Kurztexten herauszugeben, um die Schnitzkunst Hans Seyfers sichtbar zu machen und dem Betrachter als allgemeinverständliche Einführung an die Hand zu geben. Doch haben sich im Verlauf der wissenschaftlichen Vorarbeit so manch eigene Ansprüche durchgesetzt, die weit über eine ikonographisch erklärende Handreichung hinausgingen. Je weiter wir uns außerdem mit der komplexen Thematik der Schnitzaltarkunst im späten 15. Jahrhundert auseinandersetzten, um so mehr kristallisierte sich der hohe kunstgeschichtliche und theologische Rang des Heilbronner Schnitzaltars von Hans Seyfer heraus.

Den äußeren Anlaß gab zunächst eine längst überfällige umfangreiche Reinigung des gesamten Schnitzaltar-Ensembles. Im Herbst 1997 konnte damit begonnen werden. Dank der kooperativen Beratung des Landesdenkmalamtes durch Helmut F. Reichwald und Jochen Ansel von der Restaurierungswerkstatt und der zuständigen Stellen des Evangelischen Oberkirchenrates wurde die freie Restauratorin Ute Hack mit dieser Arbeit beauftragt. In dieser Zeit standen auch der Kustos für mittelalterliche Plastik Dr. Heribert Meurer und der leitende Restaurator der Skulpturenabteilung Hans Westhoff vom Württembergischen Landesmuseum in Stuttgart mit Rat und Tat zur Seite. Der Aufbau des für die Reinigung notwendigen Gerüstes endlich bot die lang herbeigesehnte Gelegenheit zu einer eingehenden Betrachtung der Seyfer-Skulpturen aus nächster Nähe. Hierbei ergab sich nicht nur

die Chance, aktuelle Detailfotografien anzufertigen, sondern neue Entdeckungen zu machen, die bislang noch nicht gesehen, geschweige denn thematisiert oder im Verlauf der Jahre ins Hintertreffen geraten waren. Das hatte Folgen insbesondere für eine Korrektur und Neubewertung des bisherigen Forschungsstandes.

Das hier vorliegende Buch bietet in mehrfacher Weise Zugang zum Werk Hans Seyfers. Es richtet sich sowohl an den kunstinteressierten Laien wie an die fachkundige Wissenschaft.

Im ersten Textbeitrag zeichnet Heribert Meurer mit seinem Umriß des greifbaren Œuvres von Hans Seyfer zunächst die spärlichen biographischen Daten nach und erläutert auf dieser Basis die Kriterien für eine Zuschreibung des unsignierten Heilbronner Hauptwerkes. Die zusammengetragenen Nachweise über Herkunft und künstlerischen Ursprung verdeutlichen im Kontext zu Seyfers Arbeits- und Ausdrucksweise die kunstgeschichtliche Stellung des spätmittelalterlichen Bildhauers in einer schwierigen Umbruchszeit und würdigen die künstlerische Leistung von Hans Seyfer.

Der umfassende Beitrag von Andreas Pfeiffer beschreibt Grundlegendes zur Ikonographie des Altars: Hier geht es nicht nur um die Bedeutung der dargestellten Personen im einzelnen, sondern auch um den programmatischen Zusammenhang der Heiligen und die aus ihm ersichtlichen theologischen Implikationen. Als ein entscheidendes Fazit gehört dazu, daß Seyfer bereits reformatorische Sicht- und Denkweisen vorweggenommen hat.

Der von Hans Westhoff vorgestellte Befund der technologischen Untersuchungen mit dem Nachweis einer hohen handwerklichen Qualität bestätigt nachdrücklich die kunsthistorische Wertschätzung. Seine Ergebnisse lassen außerdem eindeutige Rückschlüsse auf den ursprünglichen Zustand des Altarretabels zu. Entgegen der früheren Forschung, die immer wieder von einer polychrom geplanten Farbfassung ausgegangen war, kann Seyfers Arbeit nun als ein frühes gesichertes Beispiel in die Reihe der großen holzsichtigen Schnitzaltäre der Zeit um 1500 aufgenommen werden.

Christhard Schrenk wiederum behandelt die nachreformatorische Geschichte des Seyferschen Schnitzaltars, und das bedeutet in erster Linie die Geschichte des Schnitzaltars in unserem Jahrhundert: Sie betrifft die verheerenden Zerstörungen durch den Zweiten Weltkrieg ebenso wie den damals befürchteten Totalverlust des gesamten Kunstwerks und seine Wiedergewinnung nicht zuletzt dank einer gelungenen Rekonstruktion.

Heute präsentieren sich Schnitzaltar und Sakralarchitektur als eine Einheit. Tatsächlich jedoch liegen zwischen der Vollendung des Bauwerks und der Errichtung des Schnitzaltars einige Jahre. Der die Publikation abschließende Beitrag von Reinhard Lambert Auer greift daher am weitesten aus, da er sich weniger mit dem Schnitzaltar selbst als vielmehr mit seinem architektonischen Kontext, mit dem Hallenchor der Kilianskirche, befaßt. Die dabei angesprochenen offenen Fragen zur Baugeschichte der Kilianskirche lenken den Blick zurück auf das bisher noch nicht hinreichend geklärte Verhältnis zwischen Hans Seyfer und seinen Auftraggebern, ihren Motivationen und vor allem ihren theologischen Ambitionen, die letztlich das Bildprogramm des Schnitzaltars bestimmten.

Mit der hier erstmals vorgelegten monographischen Darstellung des Seyferschen Schnitzaltars geht die Erkenntnis einher, daß über die Klärung zahlreicher Fragen zugleich neue aufgeworfen wurden. Dazu gehört, daß beispielsweise der gesamte Komplex der Seyfer-Nachfolge ausgeklammert bleiben mußte. Obgleich zu diesen Fragen bereits seit Anfang der 80er Jahre einige Vorstudien geleistet werden konnten – wie die beiden von den Städtischen Museen Heilbronn herausgegebenen Publikationen von Ilse Rauschenberger und Hartmut Gräf belegen – geben wir an dieser Stelle unserer Hoffnung Ausdruck, daß dieses Jubiläumsjahr weitere Forschungen nach sich ziehen wird.

Es sind im Grunde zwei Jubiläen, die mit dieser Publikation eine besondere Würdigung erfahren. Denn seit Entstehung des Altars 1498 sind nicht nur mehr als 500 Jahre vergangen, sondern mit dem 1. Adventssonntag 1998 ist es zugleich auch 30 Jahre her, daß das neu rekonstruierte Schnitzaltar-Gehäuse mitsamt seinem alten Figurenbestand an die Stadt und Kirchengemeinde zurückgegeben wurde. Aus heutiger Sicht verbindet sich ein nachträglicher Dank an all jene, die die damalige, nicht selbstverständliche Entscheidung zur Rekonstruktion engagiert mittrugen sowie an jene, die mit ihrem Einfühlungsvermögen und ihrer handwerklichen Fertigkeit in jahrelanger Arbeit den Schnitzaltar Hans Seyfers wiedererstehen ließen. Namentlich gehören dazu Walter Hammer aus Ulm und die Mitarbeiter seiner Werkstatt, allen voran der Kunstschnitzer Josef Wolfsteiner.

Unser herzlichster Dank gilt allen Fachkollegen im Mitarbeiterteam, die am Entstehen dieser Publikation beteiligt waren. Dies betrifft insbesondere die Arbeit der beiden Sachverständigen für mittelalterliche Plastik, Dr. Heribert Meurer und Hans Westhoff, die der Direktor des Württembergischen Landesmuseums Stuttgart, Prof. Dr. Volker Himmelein, in kooperativer Weise aus seinem Haus zu unseren Gunsten freistellte. Und dies betrifft auch den Direktor des Heilbronner Stadtarchivs, Dr. Christhard Schrenk, der uns seine Archivschätze öffnete und damit das Schicksal des Schnitzaltars seit seiner Entstehung im Jahre 1498 bis heute entschlüsseln half.

Eine Kooperation besonders fruchtbringender Art ergab sich aus der Mitarbeit von Roland Bauer aus Braunsbach. Mit seiner mehrtägigen Fotokampagne im Juli und November 1997 und den dort entstandenen neuen Abbildungsvorlagen schuf er die längst überfälligen und unverzichtbaren Grundlagen für ein deutlich verbessertes Verständnis der Seyferschen Figurenwelt. Unterstützend tätig waren dabei der Leiter der Bauhütte der Kilianskirche, Architekt Anton Lambert, der geschäftsführende Pfarrer der Evangelischen Kilianskirchengemeinde Heilbronn, Gerd-Volker Saar, sowie die Mesnerin der Kilianskirche, Ursula Bauer. Ihnen nochmals einen herzlichen Dank.

Für die redaktionelle und gestalterische Mitarbeit danken wir dem Team der Städtischen Museen Heilbronn: dem Ausstellungsleiter Dieter Brunner und den Mitarbeiterinnen Anneliese Fleischmann-Stroh, Dr. Gabriele Holthuis und Christine Lutz. Ihnen ist es zu verdanken, daß unser Buch in dieser Aufmachung erscheinen konnte.

Heilbronn, im März 1998

Anmerkung zur 2. Auflage

Die 1. Auflage des Buches zu Hans Seyfers Schnitzaltar – erschienen im Sommer 1998 zum 500-jährigen Jubiläum seiner Aufstellung im Chor der Heilbronner Kilianskirche – war in weniger als einem Jahr vergriffen.

Eine 2. Auflage erwies sich als dringend notwendig. Mittlerweile bereits zum grundlegenden Standardwerk geworden, sollte es jeder Zeit verfügbar sein, um das Bewußtsein für dieses herausragende Kunstwerk bei der Kirchengemeinde und den Bürgerinnen und Bürgern der »Skulpturenstadt« Heilbronn zu erhalten und zu vertiefen.

Wir danken an dieser Stelle ein weiteres Mal allen Personen und Institutionen, die die Publikation förderten und ermöglichten, insbesondere dem jetzigen, neuen Oberbürgermeister Helmut Himmelsbach und dem Gemeinderat der Stadt Heilbronn für die Bereitstellung der Finanzmittel zu dieser Neuauflage.

Gerne wiederholen wir den Wunsch, den der damalige Oberbürgermeister Dr. Manfred Weinmann und Dekan Hansjürgen Thomann in ihrem Grußwort zur Erstausgabe im Jubiläumsjahr ausgesprochen haben: Weiterhin dieser ersten umfassenden Gesamtdarstellung des Heilbronner Schnitzaltars von Hans Seyfer eine gute Resonanz.

Heilbronn, im Januar 2000

Dr. Andreas Pfeiffer
Direktor
Städtische Museen Heilbronn

Pfarrer Reinhard Lambert Auer M.A.
Kunstsachverständiger
Evangelische Landeskirche Württemberg

Heribert Meurer

Hans Seyfer, sein Leben und Werk

Über Albrecht Dürer, sein Leben und Werk wissen wir verhältnismäßig viel, über Matthias Grünewald sehr viel weniger, über ihren Zeitgenossen Hans Seyfer aber fast gar nichts. Deshalb muß alles über ihn mühsam aus den wenigen sicheren Daten erschlossen werden.[1]

Im Jahre 1502 erwarb Meister Hans, der Bildhauer, privilegiert durch Befreiung von Steuern und anderen Pflichten, das Bürgerrecht in Heilbronn. Er muß deshalb von auswärts zugezogen sein. Aus der im Steuerbuch von ›Bildschnitzer‹ zu ›Bildhauer‹ geänderten Berufsbezeichnung darf man vielleicht schließen, daß die Heilbronner nur an ihren Schnitzaltar dachten, wohingegen sich Meister Hans primär als Steinbildhauer fühlte und die Korrektur veranlaßte.[2] Im Jahre 1509 bereits verstarb er, nachdem er sich um ein Haus in Speyer bemüht hatte. Da seine Frau und sein Bruder dieses angemietete Haus 1511 noch bewohnten und nun räumen sollten, kann man annehmen, daß auch Hans Seyfer noch vor seinem Tod von Heilbronn nach Speyer umgezogen und dort gestorben ist.

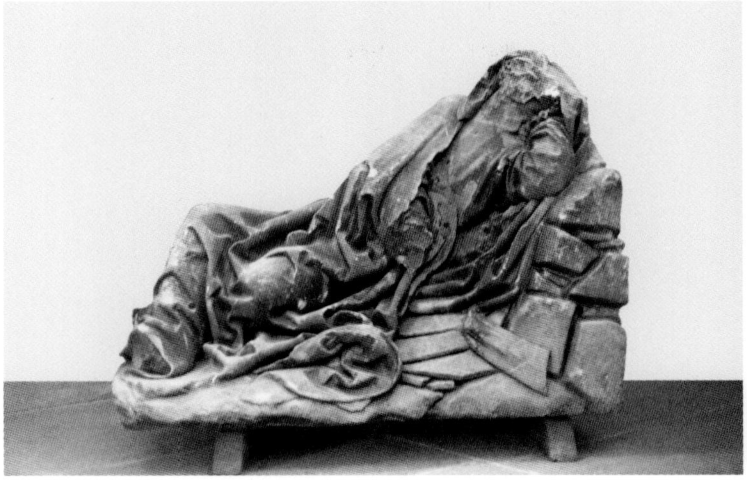

Folgende seiner Werke werden in den Quellen erwähnt:

1. Der monumentale Ölberg im Kreuzgang des Speyerer Doms, an dem er 1506 zu arbeiten beginnt und den er bei seinem Tod unvollendet zurückläßt. Sein Bruder Lenhard kümmert sich zunächst um die Fertigstellung, schließlich baut Lorenz Lechler

Abb. S. 12/13
Hans Seyfer,
Schlafende Jünger vom Ölberg, 1506 – 1511
Speyer, Dom

[1] *Die Quellen über das Leben Hans Seyfers wiedergegeben bei Rauch, Seyfer, S. 504-516, sowie bei Schnellbach, Syfer, S. 119-122.*

[2] *In der Lauffener Chronik (s.u.) wird er sogar Steinmetz genannt.*

von Heidelberg das kapellenartige Gehäuse, das 1511 fertiggestellt ist. Von dem figurenreichen Werk haben sich nach den Zerstörungen der Jahre 1689 und 1794 in Speyer einige beachtliche Fragmente erhalten, sowohl vom Gehäuse als auch von den Figuren (Abb. S. 12 und 13).

2. Von demselben *»kunstreichen Meister«* wie der berühmte Ölberg in Speyer stamme die prachtvolle, 1501 datierte Kreuzgruppe vor dem Chor von St. Leonhard, heißt es in einer Stuttgarter Chronik. Die ursprünglich frei aufgestellte Gruppe – Kruzifix mit Maria Magdalena zu Füßen, begleitet von den Trauernden Maria und Johannes – steht heute im Chor der Stuttgarter Hospitalkirche. Sie ist – bis auf den ursprünglich reicher gestalteten Sockel unter dem Kreuz – ganz erhalten und bildet den Ausgangspunkt für alle Zuschreibungen an Seyfer (Abb. links und rechts).

Hans Seyfer, Kreuzigungsgruppe, 1501, ursprüngliche Aufstellung vor dem Chor der Kirche St. Leonhard, Stuttgart

3. Ein weiteres Kreuz hatte er 1505 vor dem Sülmer Tor in Heilbronn aufgestellt, von welchem – bis auf den Kopf des Kruzifixes in den Städtischen Museen Heilbronn (Abb. S. 17) – nichts erhalten ist.[3] Es sollte 13 bis 14 Schuh (fast vier Meter) groß und für 20 Gulden gefertigt werden.

4. Von dem Ölbergrelief am Chor der Regiswindiskirche in Lauffen a.N., 1507 von *»Hanß steinmetz zu Heyltpronn«* geschaffen, wie sich eine Chronik ausdrückt, sind nur verstümmelte Reste erhalten (Abb. S. 18). Doch lassen Übereinstimmungen in den Sitz- und Liegeposen der wartenden Apostel mit den besser erhaltenen Speyerer Fragmenten zumindest einen Entwurf Seyfers für Lauffen annehmen.

5. Im Jahr des Arbeitsbeginns am großen Speyerer Ölberg 1506 erreicht den *»ersamen und berumpten meister Hanßen Seyfer, bildhower zu Heyltpronn«*, der Auftrag, für die St. Annenbruderschaft der Kilianskirche in Heilbronn eine Tafel, also ein Altarretabel, zu schnitzen. Hier wird zum ersten Mal ein dem Heilbronner Hochaltar gleichartiges

Hans Seyfer, Kreuzigungsgruppe, 1501, jetzige Aufstellung in der Hospitalkirche, Stuttgart

[3] *Rauch, Seyfer, S. 506, erwähnt den damals noch erhaltenen Sockel, der aus einem künstlichen Steinhaufen gebildet war.*

Schnitzwerk aus Holz erwähnt. Über seinen Verbleib ist freilich nichts bekannt; es wird in der Reformation entfernt worden oder – wie Moriz von Rauch vermutete – 1784 dem Geschmackswandel zum Opfer gefallen sein. Dem geforderten Preis von 34 und gebotenen Entgelt von 32 Gulden entsprechend dürfte es sich um ein kleineres Retabel gehandelt haben. Da der Meister selbst – und nicht ein Maler, der zuletzt Hand angelegt hätte – die Tafel auf den Altar stellen sollte, war wohl auch dieses Annen-Retabel ungefaßt.

Hans Seyfer, Kreuzigungsgruppe, 1501, Kopf des gekreuzigten Christus, Stuttgart, Hospitalkirche

In keiner Quelle wird dagegen der Schnitzaltar der Kilianskirche als Werk Hans Seyfers genannt (Abb. S. 24). Deshalb hat man den Heilbronner Schnitzaltar im 19. Jahrhundert – da auf fränkischem Gebiet gelegen – Tilman Riemenschneider in Würzburg[4] und Veit Stoß in Nürnberg,[5] aber auch – da zum Königreich Württemberg gehörig – schwäbischen, sogar Ulmer Meistern zugeschrieben.[6] Erst Eduard Paulus[7] und vor allem Marie Schuette und Moriz von Rauch haben anläßlich des Schnitzaltares auf die Speyerer Quellen und die erhaltene Kreuzgruppe in Stuttgart hingewiesen.

Das Datum 1498 auf dem Flügelrelief der Auferstehung Christi des Heilbronner Retabels (Abb. S. 62 und 68) zeigt das Jahr der Vollendung an. In dieser Zeit besaß Hans Seyfer noch nicht das Bürgerrecht, das er erst vier Jahre später erhielt. Ohne Einbürgerung konnte er in Heilbronn aber keine den Zunftregeln unterworfene Bildschnitzerwerkstatt unterhalten.[8] Wahrscheinlich hat er deshalb die Skulpturen außerhalb Heilbronns geschaffen und von dort geliefert.

Als Orte seiner Arbeitsstätte kommen am ehesten das pfälzische Sinsheim und Heidelberg in Frage. Auch Esslingen ist als sein Wohnort vermutet worden, weil er gegenüber dem Speyerer Domstift Esslinger Bürgen nannte und die Stuttgarter Gruppe leicht von Esslingen aus geliefert haben könnte.[9] Mehr spricht allerdings für den Oberrhein als Standort seiner

Hans Seyfer, Kopf des Kruzifixus vom Sülmer Tor, 1505, Heilbronn, Städtische Museen Heilbronn

[4] *Weber, Riemenschneider, S. 63-66. Diese Zuschreibung widerlegt von Tönnies, Riemenschneider, S. 165-167.*

[5] *Rauch, Seyfer, S. 520-522, sieht bei den Reliefs eine so große Abhängigkeit von den Flügelreliefs des Veit Stoß zugeschriebenen Schwabacher Altares, daß er die Zuschreibung an ihn oder einen Mitarbeiter diskutiert, dann aber eine Zeichnung von Stoß als Grundlage der Heilbronner Reliefs für möglich hält.*

[6] *Tönnies, Riemenschneider, S. 82-84; Schmidt, Meister, S. 353. – Schuette, Schnitzaltar, S. 182-184, lehnt dagegen einen Zusammenhang mit Ulmer Werkstätten ab. Die von Hans Westhoff beobachteten technischen Übereinstimmungen mit Skulpturen des Ulmer Bildhauers Daniel Mauch harren jedoch noch einer Deutung.*

[7] *Paulus, Kunst- und Altertumsdenkmale, S. 559; Schuette und Rauch s.o.*

[8] *Huth, Künstler, S. 21-22.*

[9] *Koepf, Kunstgeschichte, S. 22, und an anderen Stellen.*

Hans Seyfer, Ölbergrelief, 1507, Lauffen am Neckar, Regiswindiskirche

Werkstätte. Wahrscheinlich ein naher Verwandter, Conrad Syfer, jedenfalls älter als Hans Seyfer und 1491 – 92 in Straßburg als Bildhauer nachgewiesen, nennt sich öfter *»von Sinsheim«*.[10] Sein (jüngerer) Bruder Lenhart Syfer war sowohl in Heilbronn als auch in Heidelberg ansässig.[11] In Heidelberg (und Esslingen) arbeitete der Steinmetz Lorenz Lechler, der mehrfach für Seyfer bürgte und deshalb mit ihm in enger, vielleicht freundschaftlicher Weise in Verbindung stand.[12] Um die Vollendung des Ölbergs voranzutreiben, wollte Hans Seyfer 1509 von Heilbronn nach Speyer ziehen – zurück in die Heimat auch? –, wo ihn aber bald der Tod ereilte. Schließlich weist auch sein Stil auf eine oberrheinische Schulung und Prägung hin.

Bereits die äußere Form des Schnitzaltarschreins erinnert an oberrheinische Retabel, wie Johannes Tripps festgestellt hat.[13] Das gilt zunächst für die im Figurenbaldachin ausgesparten Nischen für Büsten und kleinere Figuren. Diesen Typus vertrat z.B. der uns aus einem Kupferstich bekannte ehemalige Hochaltar des Straßburger Münsters, 1501 von Niklaus Hagenauer geschaffen. Das Motiv der im Schrein an verschiedenen Stellen auftauchenden Büsten muß aber älter als beide Retabel sein. Solche Halbfiguren wurden bereits von Hans Multscher in Ulm (Karg-Nische, 1433), dann durch den Einfluß des Straßburger Bildhauers

[10] *Hauck, Sifer, S. 243-247.*
[11] *Zimmermann, Syfer (1974/75), S.52-54, trennt zwar die Quellen über den Bildhauer Lenhard Syfer in Heilbronn und den gleichnamigen Büchsenmacher in Heidelberg und Heilbronn; aber auch der Steinmetz und Architekt Lorenz Lechler in Heidelberg wird Büchsenmeister genannt so daß wahrscheinlich die Quellen über Lenhard Syfer in beiden Städten doch auf ein und dieselbe Person zu beziehen sind.*
[12] *Seeliger-Zeiss, Lechler, S. 22-30.*
[13] *Tripps, Syfer, S. 125.*

Niklaus Gerhaert vor allem am Ober- und Mittelrhein, auch in Schwaben beliebt. Ein frühes erhaltenes Beispiel ist der 1483 datierte Altar in Lorch am Rhein, in Schwaben z.B. die Retabel in Oberndorf bei Rottenburg (um 1500) und Besigheim (um 1520) mit ihren in den Schrein aufgenommenen Büsten.

Plastische Halbfiguren in Predellen findet man dagegen allenthalben. Bei ihnen kommt aber das Motiv der sinnenden und miteinander redenden, mit einer Hand den Kopf stützenden Personen als Anregung ebenfalls von der Straßburger Plastik. Als direkte Vorbilder der Heilbronner Kirchenväter wurden die vier Büsten im Museum Liebieghaus Frankfurt angesprochen, die wahrscheinlich vom Hochaltar in Aschaffenburg stammen, einem von Hans von Worms 1489–1496 geschaffenen Retabel.[14]

Der monumentalen Erscheinung der Schreinfiguren, vor allem der Muttergottes, begegnen wir wieder bei Maria und Johannes der Stuttgarter Kreuzigungsgruppe (Abb. S. 14 und 15). Die schwer fallenden, mit einer Hand hochgerafften Gewänder findet man in beiden Werken. Jedesmal werden die großen Gewandflächen durch tief eingegrabene Höhlen gegliedert, die oft mit Graten gefüllt werden. Dieselben Gewand- und Faltenmotive sind auch bei den Ölberg-Fragmenten, den schlafenden Jüngern in Speyer, zu beobachten. Die Trauernden in Stuttgart haben die gleichen breiten Gesichter wie die Heilbronner Schreinmadonna, die trauernde Maria in der dortigen Predella und die Marienfiguren auf den Flügelreliefs.

Hans Seyfer, Beweinung Christi, 1496, München, Bayerisches Nationalmuseum

[14] *Paatz, Schnitzaltäre, S. 102-109; Maek-Gérard, Bildwerke, S. 194-195. Weitere Büsten haben sich als Reste von Schnitzretabeln erhalten: aus St. Marx in Straßburg, dort im Frauenhaus-Museum, letztes Viertel 15. Jahrhundert, und zwei weitere derselben Provenienz, wahrscheinlich vom Straßburger Fronaltar von 1501: Spätgotik, Nr. 122 und 126; ferner ebendort Nr. 119 die beiden steinernen Büsten aus dem Elsaß in der Skulpturensammlung Berlin, die von Fleischhauer, Syfer, S. 203, Hans Seyfer zugeschrieben wurden.*

Von allen Zuschreibungen an Hans Seyfer hat ein Werk die größte Evidenz, das angeblich aus dem Taubertal stammende Vesperbild aus Holz im Badischen Landesmuseum.[15] Der Marientyp dort ist aus der Heilbronner Predella bekannt. Schließlich werden heute eine schreitende Jünglingsfigur (›*Falkner*‹) im Kunsthistorischen Museum Wien und vor allem eine kleine Freiplastik mit Darstellung der Beweinung Christi im Bayerischen Nationalmuseum München, 1496 datiert, Hans Seyfer zugeschrieben[16] (Abb. S. 19). Diese beiden kostbar gearbeiteten, aus Schloß Ambras stammenden Kunstkammerstücke hat man früher Anton Pilgram, dem Schöpfer der Kanzel und des Orgelfußes im Wiener Stephansdom, und Konrad Meit von Worms zugeschrieben.[17] Während Pilgram, dem früher – freilich ohne sicheren Anhaltspunkt – auch das Sakramentshaus der Kilianskirche zugeschrieben wurde, nichts unmittelbar mit Seyfers Werk zu tun hat, muß Konrad Meit als Urheber der beiden feinen Bildwerke wohl ausgeschlossen werden, da er wahrscheinlich erst um 1480 – 85 geboren ist. Heute nimmt man an, er sei ein Schüler Hans Seyfers gewesen, der vielleicht bereits am Retabel der Kilianskirche mitgearbeitet haben könnte.[18] Seyfer, der mit seinen mächtigen und ruhigen Gestalten im Heilbronner Altarschrein stets als Künstler der beginnenden Renaissance gefeiert wurde, hätte demnach auch in der Kleinplastik brilliert, die in dieser Periode besonders geschätzt wurde.

Näher an die Anfänge Hans Seyfers führen uns die Reliefs aus dem Kreuzgang des Wormser Doms, die jetzt im nördlichen Seitenschiff eingebaut sind (Abb. S. 21 und 22). Bei dem Relief der Grablegung Christi hat man bei einigen Köpfen seine Hand wiedererkannt, so daß er als junger Bildhauer – neben seinem Verwandten Conrad Syfer, dem zumindest der 1488 datierte Stammbaum Christi zuzuschreiben ist – hier am Werk gewesen sein könnte.[19]

Der Hallenchor der Kilianskirche war spätestens im Jahre 1487 vollendet; in diesem Jahr wurden Glasfenster von Speyer geliefert und eingesetzt, von denen mehrere erhalten sind, eins von ihnen auf dieses Jahr datiert.[20] Der Hochaltar wurde erst elf Jahre später aufgestellt. Da er aller Wahrscheinlichkeit nach von auswärts geliefert wurde, hatte man offenbar die Maße des geöffneten Retabels nicht exakt genug auf die Architektur abgestimmt. Zur vollständigen Entfaltung der geöffneten Flügel mußten deshalb die beiden seitlichen Chorfenster leicht nach außen ausgeweitet werden. Früher sprangen die unteren Hälften der damals zweigeteilten Fenster mit einer ›Nase‹ nach außen vor, wie aus der Wolffschen Lithographie von 1833 bei Titot (Abb. S. 106) und alten Fotografien hervorgeht. Heute werden die Flügel auf nach unten ausgeklinkten Sohlbankgesimsen gestützt, lassen sich aber ebenfalls nicht parallel zum Schrein öffnen.

Hans Seyfer,
Grablegung Christi, um 1488,
Worms, Dom

[15] *Zimmermann, Bildwerke, Nr. 148.*
[16] *Voege, Meit, S. 33, und Oettinger, Pilgram, S. 27-32, vertreten die Zuschreibung an Pilgram; Schnellbach, Plastik, S. 39, sieht die Abhängigkeit der Gruppe vom Heilbronner Kiliansaltar; Pinder, Dürerzeit, S. 238, trägt Argumente für die Zuschreibung an Seyfer zusammen, schwankt aber zwischen Pilgram und Meit, den er aber wegen zu jungen Alters ausscheidet. Nicht verschwiegen sei auch die Zuschreibung an den Rottweiler Bildhauer Konrad Rötlin durch Adrion, Rötlin, passim. Neuerdings vertritt Alfred Schädler die Zuschreibung an Seyfer (Bayerisches Nationalmuseum München, Führer durch die Schausammlung, München 1988, S.66). Der Kopf des Johannes der Grablegung gleicht vor allem dem der Stuttgarter Kreuzgruppe und in der Predella des Heilbronner Altares.*
[17] *Winkler, Meit, S. 55.*
[18] *Schnellbach, Plastik, S. 21.*
[19] *Schnellbach, Syfer, S. 105-114; Schnellbach, Plastik, S. 24-25.*
[20] *Becksmann, Glasmalereien, S. 62.*

Für ein Retabel dieser Größe muß mit einer Herstellungszeit von mindestens vier Jahren gerechnet werden, selbst bei Beteiligung einer großen Zahl von Mitarbeitern in seiner Werkstatt. Ob an der in der Literatur stets betriebenen Händescheidung[21] zwischen den Schreinfiguren, Gesprengestatuetten und Flügelreliefs weiter festzuhalten ist, muß überprüft werden. Wie Hans Westhoff beobachten konnte, sind die angewandten Techniken in allen Teilen dieselben, ebenso die Spuren von einer und derselben Werkbank. Deshalb wird die Zahl der Mitarbeiter am Heilbronner Retabel nicht groß gewesen sein.

Hans Seyfer, Grablegung Christi, um 1488, Detail, Worms, Dom

Die fünf großen Hauptfiguren sind nur schwer mit den Flachreliefs der Flügel zu vergleichen; zwischen ihnen steht die Grenze verschiedener Gattungen. Der freien statuarischen Entfaltung der Muttergottes und ihrer Begleiter scheint besonders die gedrängte Fülle der beiden Innenraumbilder, Pfingstbild und Marientod, zu widersprechen. Doch beweisen die Intensität dieser beiden Bilder und die Variationsbreite der Apostel, ihrer Gesten und Haltungen eine hohe Meisterschaft. Demgegenüber scheinen die in die Landschaft eingebundenen Szenen, Geburt und Auferstehung Christi, konventioneller entworfen, aber um eine Fülle von köstlichen Details bereichert. Die Ausführung ist jedesmal von derselben stofflichen Raffinesse bestimmt, die auch bei den Monumentalfiguren zu finden ist.

Immer wieder wurde von schon spürbaren Renaissance-Zügen in Hans Seyfers Heilbronner Schnitzaltar gesprochen. Dies mag vielleicht für Einzelheiten wie die portraithaften Kirchenväterbüsten und die zart empfundene und gefühlvolle Gruppe des Schmerzensmannes mit Maria und Johannes in der Predella sowie die Köpfe im Schrein und im Gesprenge gelten. Allerdings wechselt das Renaissance-Verständnis in jeder Generation und bedarf immer neuer Definition, die hier nicht geleistet werden kann; dasselbe gilt für den Begriff der Fortschrittlichkeit, den man ebenso gern auf die genannten Skulpturen anwenden würde. Wilhelm Pinder verglich Seyfers Heilbronner Madonna direkt mit Michelangelo.

[21] *Z.B. bei Schnellbach, Plastik, S. 17; Zimmermann, Syfer, S. 41, schlägt sogar Lenhart Syfer, den Bruder des Hans, als Schnitzer der Flügelreliefs vor. Auf der Rückseite des Reliefs mit dem Marientod fand der Restaurator Hammer einen Schriftzug, der zunächst als »Seufer H.«, dann als »Lenhart h« entziffert wurde und als zeitgenössisch, von Tripps, Syfer, S. 120 f., aber als erheblich jünger bezeichnet wurde. Da sich das Relief nicht vom Grund lösen ließ, konnte die Schrift jetzt nicht nachgeprüft werden.*

»Wo das rein Körperliche hervortritt, im Kopfe und im Kinde, ist wirklich Michelangelosche Kraft.«[22] Sicher gehören Seyfers Köpfe zu den *»beseeltesten«* und lebendigsten der Zeit um 1500.

Der gleichzeitig am Oberrhein tätige Meister Niklaus von Hagenau ist gewiß mit seinen Physiognomien, z.B. in den Figuren des Isenheimer Altares (um 1490), expressiver, neigt aber – dies liegt in der Natur des besonders Ausdrucksvollen – zur Karikatur.[23] Veit Stoß in Nürnberg, der von solchen oberrheinischen Werken ausgeht, behält diese Expressivität – auch im Gewand – bis zu seinen Spätwerken bei und erweist sich mit diesen Intentionen der Renaissance im italienischen Sinn diametral entgegengesetzt, auch wenn er wegen seiner Kühnheit und Virtuosität von italienischen Künstlern bewundert wurde. Der bedeutendste schwäbische Bildhauer dieser Zeit, Michel Erhart, schafft in den Figuren seines Blaubeurer Schnitzaltars (vollendet 1493/94) der Ulmer Klassik entsprechende beruhigte Gestalten, die aber noch ganz dem gotischen Idealismus, einem ganz unirdischen Schönheitsideal verpflichtet sind. Gert von der Osten nannte Seyfer den Adam Kraft des Neckargebiets, aber besser als diesen, womit er die diesseitig-irdische, realistische Seite im Werk des Heilbronner Meisters ansprach.[24]

Der bekannteste Bildhauer der Spätgotik, Tilman Riemenschneider, wurde anfangs mit dem Heilbronner Schnitzaltar in Beziehung gebracht. Der Würzburger Meister hat durch die sentimentale Stimmung und sensible Gestaltung der Köpfe und Hände seiner Figuren zu außerordentlicher Beliebtheit gefunden. Seine flache und unplastische Figurenbildung und seine stets linear angelegten, im Grunde unräumlichen Reliefs standen seiner immensen Wertschätzung nicht im Wege. Es sind vor allem die plastischen Werte, *»das Gefühl für Masse, für Tektonik im Organischen, für logische Motiviertheit der Bewegung und – immer wieder – für Fülle und Dehnkraft«*,[25] die Seyfer über Riemenschneider erhebt.

Dies könnte man eine formalistische Definition der Renaissance nennen. Aber ist damit Hans Seyfers Kunst erfaßt? Mit seinem traditionellen Altaraufsatz, der repräsentativen Reihe von Heiligen im Schrein und den erzählenden Flügelreliefs in Heilbronn, aber ebenso mit seiner auf dem Leonhards-Kirchhof in Stuttgart aufgestellten Kreuzgruppe und dem monumentalen Ölberg im Kreuzgang des Speyerer Doms entspricht er noch ganz süddeutscher Bildhauerkunst am Ende des Mittelalters. Pinder setzt ihn in die Mitte der Entwicklung von Niklaus Gerhaert zu Konrad Meit. Von den Werken des in Straßburg ansässigen Niederländers hat Seyfer seine wichtigsten Anregungen geholt; der zweite, der nun wirkliche, an italienischen Vorbildern geschulte Renaissance-Meister, war sein Schüler, der vielleicht schon in Heilbronn mitgearbeitet hat. Es ist die sinnlich erfaßte Oberfläche eines Gesichtes, der schwellenden Haut, der lebensvollen Menschendarstellung allgemein, die Konrad Meit von Seyfer lernen konnte.

[22] *Pinder, Plastik, S. 440.*
[23] *Recht, Leyde, S. 266.*
[24] *Osten-Vey, Painting, S. 28.*
[25] *Pinder, Plastik, S. 440.*

Andreas Pfeiffer

Der Heilbronner Schnitzaltar von Hans Seyfer

Figurenprogramm und Deutung

I. Der Weg zum Schnitzaltar

Das Kunstwerk hat in der Kirche von den Anfängen einer christlichen Kunst im 4. Jahrhundert bis in das 19. Jahrhundert hinein vor allem eine dienende Aufgabe. Ihm kommt eine Stellvertreterfunktion zu für das realistisch nicht Greifbare und das Mysterium des Glaubens. Architektur, Malerei, Skulptur, die Glasfenster- und Goldschmiedekunst, auch alle anderen Künste wie z.B. Musik, Literatur und Theaterspiel vereinen sich in dieser zentralen Aufgabe, das Selbstverständnis und die Glaubenswahrheit der christlichen Kirche anschaulich werden zu lassen.

»*Ecclesia materialis significat ecclesiam spiritualem*« (Die materielle Kirche bedeutet die geistige Kirche).[1] In diesem Satz spiegelt sich fundamental das Selbstverständnis der mittelalterlichen Theologie und ihr Verhältnis von Kunst und Kirche.

Selbstbewußt steht auch der 1498 datierte Schnitzaltar von Hans Seyfer in der Heilbronner Kilianskirche in dieser Tradition. Schon sein Aufstellungsort in der mittleren Bauachse des dreischiffigen Hallenchors signalisiert Bedeutendes.

Der Heilbronner Hallenchor ist nach Osten gerichtet. Im Osten liegt für das abendländische Verständnis Jerusalem mit dem Grab Christi, die heiligste Stätte der Christenheit. Der Chor im Osten ist gleichzusetzen mit der christlichen Jerusalem-Vorstellung.[2] Er wird damit zum wichtigsten Bezugspunkt für das liturgische Geschehen: zum Ort der Eucharistie in der Abendmahlsfeier.

Hinzu kommt für Heilbronn noch ein weiterer Gesichtspunkt, der durch die spezielle Lichtführung in der Kirche bedingt ist. Der Hauptzugang in die Kilianskirche liegt seit alters her im Westen, im abgedunkelten Bereich (Abb. S. 26). Die bauliche Situation mit der quer den drei Kirchenschiffen vorgelagerten Eingangshalle im Sockelgeschoß des Westturms ist hierfür verantwortlich, und das runde Westfenster über der Orgelempore gibt nur dämmriges Licht, weil die Bürgerhäuser an der engen und sonnenlosen Windgasse den Westturm räumlich bedrängen.

Gesamtansicht des Schnitzaltars von Hans Seyfer, Chor der Kilianskirche

[1] *Jantzen, Gotik, S. 147.*
[2] *Sauer, Symbolik, S. 91.*

Heilbronn, Kilianskirche Blick aus dem Hallenchor nach Westen in das Mittelschiff

Der Eingang auf der Westseite entspricht nach mittelalterlicher Vorstellung dem Bereich der lebensfeindlichen Mächte, *»dort, wo das Heidentum und die Nacht des Götzendienstes und Unglaubens haust«*.[3] Für die Gläubigen, die die Kilianskirche vom Westen her betraten, mußte der große Schnitzaltar im Osten somit zum Ziel auf einer Wegstrecke werden, die sich fast geradlinig durch das dunkle Langhaus bis in den lichten Hallenchor hinzog (Abb. S. 24). Der Schnitzaltar im Osten, im *»Licht der Wahrheit«*,[4] konnte somit zum geistigen und geistlichen Zentrum der Kilianskirche werden.[5]

II. Der tektonische Aufbau des Schnitzaltars

Es ist eine überaus glückliche Fügung des Schicksals, daß der Seyfersche Schnitzaltar heute noch – nach 500 Jahren bewegter Heilbronner Stadtgeschichte[6] – an seinem ursprünglichen Platz auf dem Choraltar in der Kilianskirche steht. Die spätgotische Architektur des Hallenchors, der gemauerte Choraltar und das geschnitzte Kunstwerk können somit als Einheit

[3] *Sauer, Symbolik, S. 91.*
[4] *Sauer, Symbolik, S. 91.*
[5] *Heute verstellt leider der Mittelaltar die ursprünglich freie Blickachse vom Eingang in den Hallenchor.*
[6] *Die Geschichte und die »Odyssee« des Schnitzaltars nach 1498 beschreibt Schrenk in dieser Publikation auf S. 107 ff.*

wahrgenommen werden. Dieser Gesamteindruck ist von großer Erhabenheit, Wirkung und Würde.

Voraussetzung für diese kunstvoll konzipierte Einheit ist, daß der Schnitzaltar durch vier in die Chorapsis und drei zum Choraltar führende Treppenstufen aus der Betrachterebene im Hallenchor herausgehoben wird. Dieses Anheben geschieht in behutsamer Weise, so daß sich die Schreinflügel im aufgeklappten Zustand rechts und links in die Fensterbank (Sohlbank) an der seitlichen Chorwand einpassen können. Diese Stellen sind durch das rechtwinklig abknickende Fensterbankgesims an der Chorapsiswand rechts und links deutlich hervorgehoben. Somit entsteht der Eindruck, als würde die Kirchenarchitektur den Schnitzaltar ganz selbstverständlich mittragen und stützen.

Der Schnitzaltar baut sich vertikal in drei Geschoßebenen auf. Die Gesamthöhe von 11,64 m und die Breite von 7,86 m über die ausgeklappten Flügel sind für die Maßverhältnisse der Kilianskirche ungewöhnlich und gewaltig.

Das unterste Geschoß ist die sog. ›Predella‹. Als Sockelgeschoß trägt sie den weiteren Aufbau; sie ist somit das Fundament des Schnitzaltars. Des weiteren ist sie dem Bereich des Priesters unmittelbar zugeordnet, denn sie befindet sich in dessen Augenhöhe auf dem hinteren Teil der Altarplatte. In der Predella kann somit der direkte ›Gesprächspartner‹ des Priesters gesehen werden.

Über der Predella öffnet sich als zweite Geschoßebene das figurenreiche Zentrum des Schnitzaltars. Es gliedert sich in den fast quadratischen Schrein, den sog. ›Corpus‹, und in die beiden hochrechteckigen Flügel, die an der o.g. Stelle in der Chorapsiswand aufsockeln.

Der Dreierrhythmus dieser Corpus-Disposition ergibt ein klassisches Triptychon, d.h. ein dreiteiliges Altarbild, das aus einem Mittelstück – dem Corpus – und zwei halb so breiten, beweglichen Seitenflügeln besteht.

Damit bildet sich eine neue formale und inhaltlich bedeutsame Einheit, die von dem irdischen Bereich des Priesters deutlich abgehoben und als solche durch die Zäsur des steinernen Gesimsbands und durch die kräftige Gesimsleiste zwischen Predella und Corpus kenntlich gemacht wird.

Ein fünftürmiger, zur Mitte in die Höhe gestaffelter Aufsatz, das sog. ›Gesprenge‹, schließt im dritten Geschoß die Disposition des Schnitzaltars ab. Über der kräftigen, den oberen Corpusbereich begrenzenden Gesimshorizontalen wirken die fünf Türme in ihrer feingliedrigen und zarten Silhouettenstruktur wie die Zacken einer filigranen Krone, die hier oben mit dem steinernen Fenstermaßwerk und dem Netzgewölbe der Chorarchitektur zu einer eigenständigen Ganzheit findet.

III. Das Figurenprogramm des Schnitzaltars und seine Deutung

III.1. Das Figurenprogramm in der Predella

Predella des Schnitzaltars von Hans Seyfer

Die Predella ist in drei große quadratische Fächer gegliedert (Abb. oben). Der architektonische Rahmen mit dem geschnitzten Ast- und Laubwerk gibt den Blick in drei spätgotisch gewölbte Kapellenräume frei. In diesen ›Chörlein‹ befinden sich sieben knapp lebensgroße Figuren. Nur ihre Oberkörper sind zu sehen. Links diskutieren – in Schrägstellung einander zugewandt – die beiden Kirchenväter Papst Gregor der Große und Hieronymus, rechts die Kirchenväter Ambrosius und Augustinus. Im mittleren Fach wendet sich uns in frontaler Sicht der eucharistische Christus – gestützt von Maria und Johannes – zu.

Die sieben Predella-Büsten sind von Hans Seyfer auffallend lebensnah, realistisch und individuell geschnitzt worden. Während die Mittelgruppe um Christus in stiller Trauer und in sich gekehrtem Schmerz verharrt, agieren die vier Kirchenväter über ihrer Bibel in lebhafter Gemütsbewegung. Ihre charaktervollen Köpfe mit den wachen Augen, die sich gegenseitig fixieren und die ausdrucksstarken Hände, die mit den Fingern bestimmte Textstellen in der Bibel zu markieren versuchen, dokumentieren den Tatbestand einer intensiven Diskussion. Diese Diskussion kann sowohl auf das Glaubenswunder der Eucharistie neben ihnen als auch auf das Geschehen über ihnen im Corpus bezogen werden.

Der dornengekrönte eucharistische Christus (Höhe 63 cm) steht in der Mittelachse der Predella (Abb. oben). Er wird damit zur geistigen Mitte. Hinter ihm sind – vom Betrachter aus links – die Mutter Maria (Höhe 60 cm) und rechts der Jünger Johannes (Höhe 64 cm) als Assistenzfiguren zu sehen. Beide umgreifen mit ihren Händen ganz sacht die müden und kraftlosen Unterarme von Christus und breiten sie behutsam zur Seite hin aus, so daß unser Blick unmittelbar auf den nackten Oberkörper und die blutende Seitenwunde von Christus

Christus als Schmerzensmann zwischen Maria und Johannes, Predella, mittleres Fach

Christus und Johannes, Predella, mittleres Fach

gelenkt wird. Des weiteren stützt Maria in inniger Mutterliebe mit ihrer linken Hand den rechten Ellbogen ihres Sohnes von unten her ab (Abb. S. 30).

Mit diesem stillen, jedoch ungemein ausdrucksstarken Stütz- und Tragegestus der beiden Assistenzfiguren variiert Hans Seyfer in subtiler Weise noch einmal das Tragemotiv, das für den großen tektonischen Formablauf des Schnitzaltars mit der Aufsockelung der Seitenflügel in der Chorapsiswand so wichtig ist.

Für die Gestaltfindung der Figuren hinter einer Fensterbrüstung mit Engelbekrönung hat sich Hans Seyfer von dem Kupferstich ›*Christus als Schmerzensmann zwischen Maria und Johannes*‹, den Martin Schongauer in den Jahren 1475–1485 geschaffen hatte, anregen lassen (Abb. unten).[7]

Im kultischen Verständnis des Spätmittelalters bedeutet der dornengekrönte ›Schmerzensmann‹ (oder die ›Imago pietatis‹) ein »*überhistorisches Bild des geopferten Christus, das die Passion und die Wiederholung des Opfers in der Eucharistie umgreift*« und damit »*die Darstellung des eucharistischen Christus schlechthin*«.[8]

Martin Schongauer, Christus als Schmerzensmann zwischen Maria und Johannes, Kupferstich, 1475 – 1485

Seyfer verstärkt in seiner Skulpturengruppe diese eucharistische Aussage durch die ausgebreiteten Christusarme, die an die Kreuzigung erinnern. Er knüpft damit an eine Bildfindung von Fra Angelico in Florenz an, die dieser zwischen 1437 und 1452 zum ersten Mal in die Ikonographie einbrachte.[9]

Maria stützt Christus, Predella, mittleres Fach

Des weiteren differenziert Hans Seyfer feinsinnig die zwischenmenschlichen Bezüge. So ist Christus mit Maria enger und ›hautnaher‹ als mit Johannes verbunden. Die bewegte aus-

[7] *Zur Datierung vgl. Bernhard, Schongauer, S. 137.*
[8] *LCI, Bd. 4, S. 87. Der »Schmerzensmann« mit Maria und Johannes wird auch »Erbärmdegruppe« genannt.*
[9] *Spike, Fra Angelico, S. 20.*

Papst Gregor der Große (links),
und Hieronymus (rechts),
Predella, linkes Fach

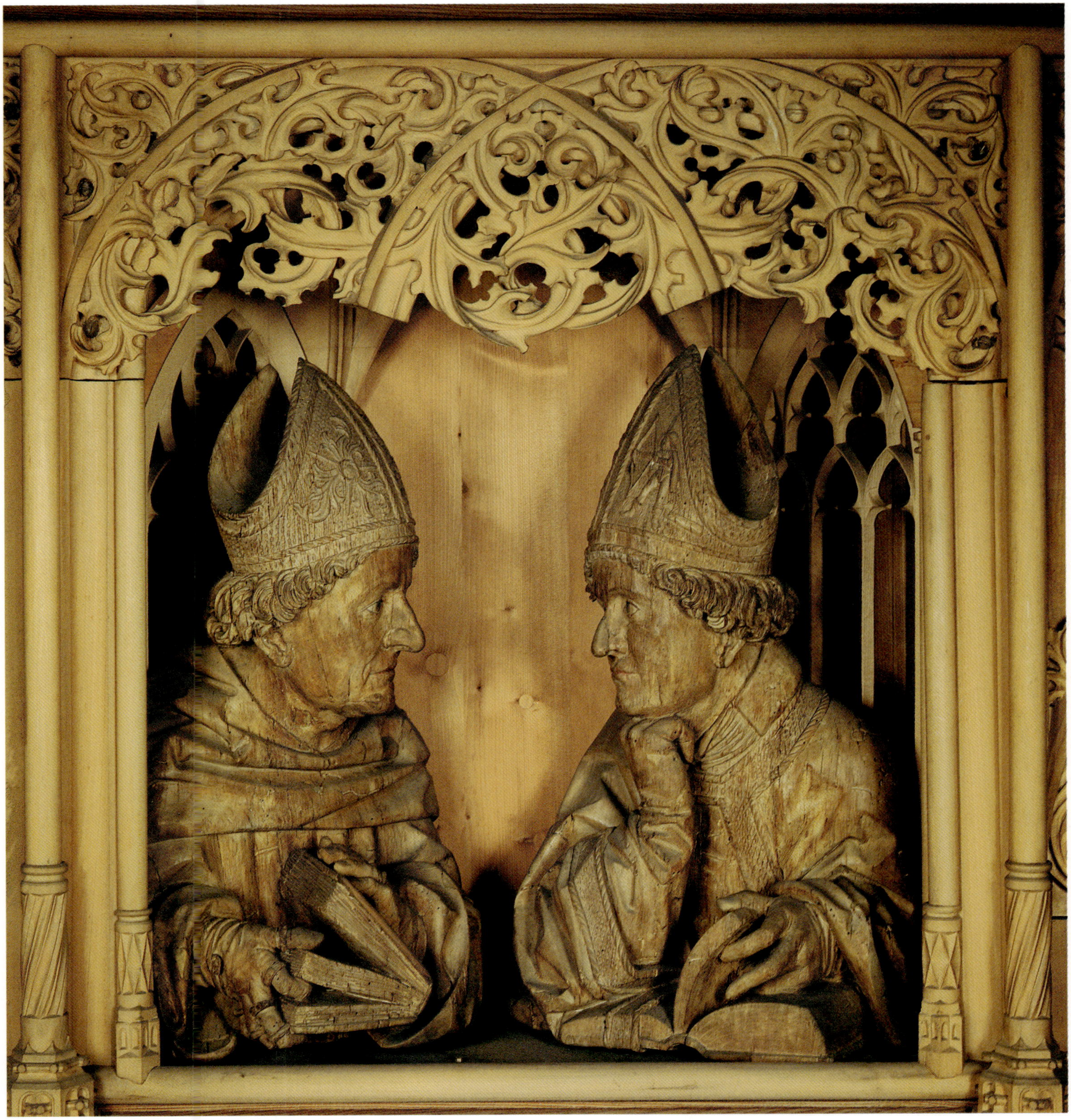

Ambrosius (links)
und Augustinus (rechts),
Predella, rechtes Fach

drucksstarke Kompositionslinie der ineinandergreifenden Hände spielt für diesen Aspekt eine wesentliche Rolle.

Von der Christusgruppe geht unser Blick in die seitlichen Predellafächer zu den vier diskutierenden Kirchenvätern.

Wenige Jahre zuvor hatte Michael Pacher 1482/83 für Neustift bei Brixen den ›*Kirchenväter-Altar*‹ gemalt.[10] Im Unterschied zu Heilbronn stehen die ›patres ecclesiae‹ in Brixen jedoch vereinzelt nebeneinander. Hans Seyfer führt sie in Zweiergruppen zusammen und ermöglicht damit einen aktiven Dialog, der deutlich macht, daß es hier um vier persönliche Standpunkte des christlichen Glaubens geht, die intensive Diskussionen herausfordern.[11]

Es ist immer wieder überraschend, wie realistisch, lebensnah und gegenwärtig Hans Seyfer die vier Kirchenväter gestaltet hat. In Wirklichkeit lebten die vier Kirchenväter in unterschiedlichen Zeiten und an verschiedenen Orten. Durch das 1295 erlassene Dekret von Papst Bonifaz VII. »*gloriosos deos*« waren sie in ihrer Bedeutung als die vier großen lateinischen Kirchenväter bestätigt worden. Seit diesem Zeitpunkt genossen sie im Abendland die größte Verehrung.[12]

Ambrosius, Predella, rechtes Fach, linke Büste

Ambrosius ist der älteste unter ihnen (rechtes Fach, linke Figur, Höhe 67 cm, Abb. links und S. 33). Zwischen 333 und 340 n. Chr. in Trier als Sohn des ›Präfectus prätorio galliorum‹ geboren, wird Ambrosius 374 zum Bischof von Mailand gewählt. Dort kann er 23 Jahre lang in großer politischer und kirchenpolitischer Aktivität als bedeutender Prediger, Theologe und Seelsorger wirken. Leidenschaftlich setzt er sich für die Freiheit der Kirche gegenüber dem Staat, d.h. gegen Kaiser Theodosius ein. So fordert er z.B. kämpferisch: »*Der Kaiser ist nicht Herr der Kirche, sondern ihr Sohn*«.[13] Des weiteren setzt er sich kritisch mit der Irrlehre des Arianismus auseinander, der damals viele Anhänger hatte. Arius leugnete, daß Jesus Gottes Sohn von Ewigkeit sei; er behauptete,

Hieronymus, Detail, Predella, linkes Fach, rechte Büste

[10] *Paatz, Schnitzaltäre, S. 54. Das gemalte Retabel ist heute in der Alten Pinakothek in München zu sehen.*

[11] *Das Motiv der diskutierenden Kirchenväter findet sich zeitparallel auch in den vier Kirchenväterbüsten im Liebieghaus, Frankfurt, die Hans von Worms 1489/96 für die Predella des Schnitzaltars in der Aschaffenburger Stiftskirche geschaffen haben soll. 1779 wurde dieser Schnitzaltar abgebrochen. Obwohl mit den Seyferschen Kirchenvätern »nach Stil und Zeit brüderlich verwandt« (A. Legner), erreichen die Frankfurter Büsten nicht die Qualität der Heilbronner Skulpturengruppe (Legner, Spätgotische Bildwerke, Abb. 18-21).*

[12] *LCI, Bd. 7, S. 313.*

[13] *RGG, Bd. 1, S. 307.*

Christus sei ein Geschöpf Gottes. Dagegen hatte 325 das Konzil von Nicaea in seinem Glaubensbekenntnis formuliert: *»Gott von Gott, Licht von Licht, wahrer Gott vom wahren Gott, ... eines Wesens mit dem Vater«*.[14]

Es ist Ambrosius zu verdanken, daß sich dieses grundlegende Bekenntnis in der römisch-katholischen Kirche bis heute durchgesetzt hat.

Ambrosius stirbt 397 in Mailand. Er liegt dort in S. Ambrogio begraben.[15]

Nur wenige Jahre jünger als Ambrosius ist Hieronymus (linkes Fach, rechte Figur, Höhe 54 cm, Abb. S. 32 und 35). Er wird um 347 in Stridon (Dalmatien) geboren und studiert in Rom die Klassischen Wissenschaften. 366 läßt er sich taufen; 375 geht er für zwei Jahre in die Wüste von Chalkis in Ostsyrien. Es folgt die Priesterweihe. Von 382 – 384 ist er als Sekretär des Papstes Damasus in Rom tätig. Wegen seiner hervorragenden Sprachkenntnisse in Latein, Griechisch und Hebräisch wird er an der römischen Kurie hochgeschätzt. Seine bedeutendste Leistung ist die Bibelübersetzung aus dem Hebräischen ins Lateinische, die sog. ›Vulgata‹, die für die römische Kirche bis heute verbindlich ist.

Sebastiansfolter, Detail der Bischofsmitra des Augustinus, Predella, rechtes Fach, rechte Büste

Hieronymus stirbt 419 oder 420 in Jerusalem, wohin er wenige Jahre zuvor als Leiter eines Männerklosters umgesiedelt war.[16]

Hieronymus gilt als der gelehrteste und belesenste aller lateinischen Kirchenväter. Deshalb wird er im Mittelalter als Schutzpatron der Hochschulen verehrt. Hans Seyfer schnitzt ihn als asketischen Charakterkopf mit eingefallenen Wangen in Mönchskutte und mit Kardinalshut. Dieser Hut ist aus der Vita nicht bezeugt. Doch wird diese Kopfbedeckung für Hieronymus schon vor Hans Seyfer geläufig, wohl als notwendiges Kennzeichen der hohen, kardinalsähnlichen Stellung bei Papst Damasus in Rom.[17]

Schließlich die beiden Außenfiguren in der Predella: Augustinus und Gregor der Große.

Augustinus (rechtes Fach, rechte Figur, Höhe 65 cm, Abb. links und S. 33) wird von Hans Seyfer als Bischof im bischöflichen Ornat gekennzeichnet. Die Bischofsmitra ist mit einer erhaben geschnitzten Darstellung der Sebastiansfolter geschmückt (Abb. oben und S. 96), die in der Augustinus-Ikonographie vor Seyfer ungewohnt ist.

Augustinus, Predella, rechtes Fach, rechte Büste

[14] *RGG, Bd. 1, S. 307.*
[15] *Ambrosius ist der Stadtpatron von Mailand und Bologna, zudem der Schutzheilige der Wachszieher, Bienenzüchter und Steinmetze. Vgl. LCI, Bd. 5, S. 115.*
[16] *LCI, Bd. 6, S. 519.*
[17] *LCI, Bd. 6, S. 519.*

Papst Gregor der Große, Predella, linkes Fach, linke Büste

Der Lebenslauf des Augustinus ist durch schriftliche Quellen ausführlich belegt.[18] Er wird 354 in Thagaste (Nordafrika) als Sohn einer frommen Christin, der Hl. Monika, geboren. Nach dem Studium der Grammatik und Rhetorik in Karthago geht er über Rom nach Mailand, um dort die Stelle eines städtischen Lehrers für Rhetorik anzunehmen. In Mailand beeinflussen ihn stark die Predigten des Ambrosius, durch den er sich 387 taufen läßt. 388 geht er in seine Heimat nach Thagaste zurück. In Hippo (Nordafrika) wird er 391 zum Priester geweiht und 395 zum Mitbischof gewählt. Als letzterer kann er dort in klösterlicher Gemeinschaft noch 35 Jahre lang bis zu seinem Tode im Jahre 430 segensreich wirken.[19]

[18] *LCI, Bd. 5, S. 277.*
[19] *LCI, Bd. 5, S. 278.*

Neben Thomas von Aquin (1225 – 1274) gilt Augustinus als der bedeutendste Theologe der römisch-katholischen Kirche. Auf die existenziell wichtige Frage nach »wahrer Glückseligkeit« findet Augustinus zu der Erkenntnis: *»Das Glück liegt in der Philosophie und der unsterblich göttlichen Weisheit. Irdische Hoffnungen auf Ehre und Reichtum sind eitel«*.[20]

In seinen theologischen Schriften formuliert Augustinus wichtige Kernaussagen, die das abendländische Denken über den christlichen Glauben und die Bedeutung der Kirche maßgeblich geprägt haben. So definiert Augustinus den christlichen Glauben *»als ein Geschenk Gottes«* und *»Gott als das höchste Sein, dessen wichtigste Eigenschaften Einheit und Unwandelbarkeit sind«*.[21]

Die Bedeutung der Amtskirche stärkt Augustinus, indem er z.B. die Kirche als *»Gemeinde der Erwählten«* definiert, auf ihre Lehrautorität pocht und sie als Institut bestimmt, das die *»Gnadenmittel der Sakramente«* vermittelt und zu verwalten hat.[22]

Schließlich Papst Gregor der Große (linkes Fach, linke Figur, Höhe 65 cm, Abb. links und S. 32). Hans Seyfer charakterisiert ihn als aufmerksamen Zuhörer, der über der aufgeschlagenen Bibel das Kinn nachdenklich in die rechte Handfläche stützt. Auf dem Kopf trägt Gregor die dreifach gestaffelte Tiara und über den Schultern das pontifikale Meßgewand. Diese Kennzeichen finden wir im 15. Jahrhundert für Gregor den Großen so gut wie immer.

Gregor wird vor 540 als Sohn einer einflußreichen Senatorenfamilie in Rom geboren. Seine politische Karriere ist steil: 572/73 finden wir ihn als ›Praefectus urbi‹ und 15 Jahre später als Papst. In den 14 Jahren seines Pontifikats übernimmt er zahlreiche öffentliche Aufgaben, z.B. die Armenfürsorge und die Verwaltungsreform Roms. Damit legt er den Grundstein für die weltliche Macht des Papsttums im Mittelalter.[23]

Gregor der Große stirbt im Jahre 604. Er liegt in der Peterskirche in Rom begraben.

Ziehen wir die Bilanz, so läßt sich zur Deutung des Figurenprogramms in der Predella folgendes festhalten:

1. Die vier Kirchenväter und der eucharistische Christus mit Maria und Johannes sind das anschauliche, d.h. konkret sichtbare »Fundament« des christlichen Glaubens und des religiösen Heilsgeschehens.
2. Christus ist für das menschliche Denken und Handeln die Mitte.
3. Die Kirchenväter veranschaulichen mit ihrer vorbildlichen Tatkraft und Lebensführung die Lehrautorität der römisch-katholischen Kirche und den Erkenntniszuwachs, der sich aus der Notwendigkeit des theologischen Disputs ergibt.

[20] *RGG, Bd. 1, S. 738.*
[21] *RGG, Bd. 1, S. 747.*
[22] *RGG, Bd. 1, S. 745.*
[23] *RGG, Bd. 2, S. 1838.*

III.2. Das Figurenprogramm im Corpus

Corpus des Schnitzaltars von Hans Seyfer, Mittelteil

Der besondere Rang des Figurenprogramms im Corpus wird durch die Tatsache unterstrichen, daß seine Innenstruktur dem Aufriß einer fünfschiffigen gotischen Kirchenarchitektur mit reicher Tabernakel- und Baldachinbekrönung nachempfunden ist. In diesem »Kirchenraum« finden neun Figuren – nach ihrer Bedeutung gestaffelt – ihren Platz (Abb. oben).

Als Hauptfigur steht lebensgroß Maria mit dem Jesuskind auf erhöhtem Sockel in der Mitte und damit im Zentrum des Figurengeschehens (Abb. rechts). Der ihr zugewiesene Platz im Mittelschiffchor ist in der Breite exakt auf die darunter liegende mittlere Predellanische bezogen. In den niedrigeren Seitenschiffen stehen neben Maria – vom Betrachter aus gesehen – links: Petrus mit Papstkrone, zwei Schlüsseln und Kreuzstab und rechts: Kilian mit Bischofsstab und Schwert. Die beiden äußeren Seitenschiffe sind den zwei Erzmärtyrern vorbehalten. Links: Laurentius mit der Bibel und dem Bratrost, rechts: Stephanus mit der Märtyrerpalme und drei Steinen auf der Bibel.

Petrus, Maria mit dem Jesuskind, Kilian
Corpus, Mittelfiguren

Maria (Höhe 179 cm) steht hoheitsvoll, aufrecht und entspannt auf ihrem Sockel. Mit der Rechten trägt sie das nackte Kind, dessen wie zum Segen erhobenes Händchen sie mit der Linken sacht an ihre Brust zurückzieht. Ihr kontrapostischer Stand signalisiert Selbstsicherheit und Ruhe, zugleich mütterliche Körperlichkeit. Stand- und Spielbein und das damit verbundene harmonische Bewegungsspiel der Körperglieder schaffen räumliche Tiefe und sind trotz der vielfältig differenzierten Gewandung sofort auszumachen.

Augenfällig ist das plastische Mondsichelgesicht am Sockel vorne (Abb. rechts). Es kennzeichnet Maria als »Apokalyptisches Weib« und damit als christliches Symbol mit hoher theologischer Bedeutungsdichte.[24]

Mondsichelgesicht zu Füßen von Maria, Corpus, Mittelfigur

Biblischer Ausgangspunkt für das »Apokalyptische Weib« ist die Offenbarung des Johannes, in der der Evangelist eine Frau als Himmelserscheinung folgendermaßen beschreibt: *»Ein Weib, mit der Sonne bekleidet, und der Mond unter ihren Füßen, und auf ihrem Haupt eine Krone von zwölf Sternen. Und sie war schwanger und schrie in Kindsnöten und hatte große Qual zur Geburt«*.[25]

Die frühmittelalterliche Theologie sah im »Apokalyptischen Weib« ein Sinnbild der Kirche; ihre Attribute werden kirchenbezogen gedeutet. *»Die Sonne bedeutet Christus, der Mond das Taufbad, das heißt die Kirche und die Vergänglichkeit der Welt; zwölf Sterne den Tierkreis, später die Apostel«*.[26]

Ab dem 12. Jahrhundert verstärkten sich diese mariologischen Bezüge: Maria wird nicht nur als Mutter Jesu, sondern u.a. als neue Eva interpretiert, die die alte Eva (mit der Schlange) durch die Geburt Jesu überwindet und den Anfang der Erlösung und die Vermittlerin aller Gnaden mit einschließt. Maria wird zum Bild der Kirche schlechthin: *»Sei gegrüßt, heilige Frau, heiligste Königin, Gottzeugerin Maria: die du ewig Jungfrau bist, erkoren vom heiligen Vater im Himmel – die er geweiht hat in seinem heiligsten lieben Sohn und dem Geist, dem Tröster – in der war und ist alle Fülle der Gnade und alles Gute. Sei gegrüßt, du sein Palast. Sei gegrüßt, du sein Schrein. Sei gegrüßt, du sein Haus …«* lobpreist Franz von Assisi (1182 – 1226) Maria.[27] Der berühmte niederländische Maler Jan van Eyck geht Anfang des 15. Jahrhunderts sogar so weit, die Muttergottes in Überlebensgröße in das Mittelschiff einer gotischen Kathedrale zu stellen, um die Parallele ›Maria = Ecclesia = Kirche Gottes auf Erden‹ anschaulich zu machen (Abb. S. 45).[28]

Maria mit dem Jesuskind, Corpus, Mittelfigur

[24] *LCI, Bd. 1, S. 146.*
[25] *Offenbarung des Johannes 12, 1-17.*
[26] *LCI, Bd. 1, S. 146.*
[27] *Franz von Assisi, Fioretti, S. 9.*
[28] *Jan van Eyck, Die Madonna in der Kirche. Berlin, Staatliche Museen Preußischer Kulturbesitz (Pächt, van Eyck, S. 89).*

Jan van Eyck,
Die Madonna in der Kirche,
Mitte 15. Jh.,
Berlin, Staatl. Museen

Die Seyfersche Maria ist ein wunderbares Beispiel für diese Deutungsdimension, und die Mondsichel weist noch einmal auf den biblischen Ursprung und die geistige Raumtiefe hin, in der sich das Geschehen hier abspielt. An diesem Detail zeigt sich auch sehr schön die realistische Sicht von Hans Seyfer: Maria läßt sich nicht von der Mondsichel tragen, sondern steht mit beiden Füßen fest und körperhaft auf dem Boden. Bezeichnenderweise berührt nur die linke Fußspitze ganz zart das Mondsichelgesicht, das sich mit der oberen Hälfte wohlig in den Mantelstoff der Maria einschmiegt (Abb. S. 43). Des weiteren konzipiert Hans Seyfer das Kind im Kontrast zu der verhalten und ruhig dastehenden Mutter wie eine leibhaftige »Freuden-Sonne«. Das runde Köpfchen, die fein herausgearbeiteten Haarkringel, die lebhaft nach allen Seiten ausstrahlende Bewegungsdynamik der kindlichen Arme und Beine und das kompakte In-sich-selbst-Ruhen des puttohaften Kindskörpers verweisen anschaulich auf diese Sonnen-Symbolik (Abb. links und S. 42).

Körperpräsenz, Selbstsicherheit und Ruhe kennzeichnen auch Petrus (Abb. S. 46) und Kilian (Abb. S. 47), die auf etwas niedrigerem Sockel neben Maria stehen.

Petrus (Höhe 178 cm) befindet sich – von Maria aus gesehen – rechts, Kilian (Höhe 178 cm), der Schutzpatron des Würzburger Bistums und somit der Schutzherr der Heilbronner Pfarrkirche, links neben Maria.[29] Petrus ist kirchenpolitisch der ranghöhere Heilige; er hat somit den Platz rechts neben Maria inne. Denn die rechte Seite ist seit alters her *»die ehrenvollere, vorzüglichere und bessere. Sie ist die Seite der Guten beim ›Jüngsten Gericht‹«*.[30] Kilian muß sich mit dem Platz links neben Maria begnügen, denn *»die linke Seite ist ein Abbild des gegenwärtigen Lebens und der irdischen Gesinnung«*.[31] Diese »irdische Gesinnung« wird optisch vor allem dadurch unterstrichen, daß Kilian sein Schwert aufrecht vor dem Hirtenstab, der

Maria mit dem Jesuskind,
Detail,
Corpus, Mittelfigur

[29] *Das Kilianspatrozinium ist urkundlich erstmals 1297 für die Kilianskirche nachweisbar (Ausst. Kat. Reformation, S. 88).*

[30] *Sauer, Symbolik, S. 95.*

[31] *Sauer, Symbolik, S. 95.*

Kilian, Detail Hände, Corpus, zweite Figur von rechts

Kilian, Detail Gewandsaum, Corpus, zweite Figur von rechts

in der Armbeuge liegt, mit beiden Händen trägt und hält und somit verdeutlicht, daß das Schwert als Zeichen der weltlichen Würzburger Schutzmacht hier Vorrang vor der geistlichen Aufgabe hat. Das Schwert ist nicht nur Hinweis auf den Märtyrertod des Kilian und seiner beiden Gefährten Kolonat und Totnan durch Enthauptung, sondern auch ein deutlicher Hinweis auf die kirchenpolitische Realität des Würzburger Bischofs in der Reichsstadt Heilbronn.

Darüber hinaus ist die Seyfersche Kennzeichnung des Würzburger Heiligen überraschend individuell, realistisch und neu. Feinsinnig und lebensnah hat Seyfer »seinen« Kilian nicht wie Tilman Riemenschneider wenige Jahre zuvor am *»Münnerstädter Altar«* (1490–92) als asketischen, alten Heiligen mit verklärtem Blick konzipiert,[32] sondern als tatkräftigen Bischof im besten Mannesalter, der den Blick wach und aufmerksam nach rechts richtet, wo sich an der rechten Chorwand bis zur Kriegszerstörung am 4.12.1944 die ›Sediliennische‹, d.h. der repräsentative Sitzplatz des die Messe zelebrierenden Priesters und des Würzburger Kirchherrn befand.[33]

Auch die in die gleiche Richtung gehende Kopfwendung und der Blick von Petrus, die wegen der Parallelität zu Kilian im ersten Moment etwas Irritierendes haben, finden durch den ursprünglich vorhandenen Achsenbezug zu dieser ›Sediliennische‹ eine schlüssige Erklärung. Denn Petrus in Papstgestalt dürfte letztlich als Bezugspunkt für den Würzburger Kirchherrn mindestens genauso »amtswichtig« gewesen sein wie Kilian.

S. 46/47
Die Hauptfiguren im Corpus

Kilian, Kopf, Corpus, zweite Figur von rechts

[32] *Ausst. Kat. Riemenschneider, S. 128.*
[33] *Lukas 24, 34 und 1. Korinther 15,5. Die ›Sediliennische‹ muß zusammen mit dem Chorneubau ab Mitte des 15. Jahrhunderts entstanden sein. Ihr Bildprogramm ist heute noch in einigen Skulpturenresten aus Sandstein in der Kapelle unter dem südlichen Chorturm erhalten geblieben. Demnach handelte es sich um eine »Anbetung der drei Könige«. Das erklärt auch die Tatsache, warum auf dem Geburtsrelief des Schnitzaltars (Abb. S. 60) die Darstellung der drei Könige fehlt.*

In der Gestalt des Petrus (Abb. S. 50 und 51), dem Wortführer der zwölf Jünger, dem ersten Zeugen der Auferstehung Christi, dem Leiter der ersten christlichen Gemeinde in Rom und der Diaspora, verdichtet sich die Lehrautorität der katholischen Kirche und ihr Macht- und Repräsentationsanspruch exemplarisch.[34] Als Papst in Pontifikalbekleidung mit Tiara (dreistufige Papstkrone), Amikt (Halstuch), Albe (langes Ärmelgewand), Pluviale (mit Zierstreifen besetzter glockenförmiger Mantel) und ringbestückten Handschuhen,[35] den zwei Schlüsseln und dem Kreuzstab ist Petrus seit dem 12. Jahrhundert bekannt. Seyfer kann sich somit auf eine vertraute Bildtradition berufen. Er gestaltet seinen Petrus als energische Person im fortgeschrittenen Alter, dem die große Verantwortung des Amtes anzusehen ist. Die zwei Schlüssel, die Petrus schrankenartig und fest vor seinem Körper in den Händen hält, sind Zeichen seiner Binde- und Lösegewalt, die ihm von Christus gegeben wurde: *»Und ich will dir des Himmelreichs Schlüssel geben: Alles, was du auf Erden binden wirst, soll auch im Himmel gebunden sein, und alles, was du auf Erden lösen wirst, soll auch im Himmel los sein«*.[36] Der in der linken Armbeuge ruhende und schräg zu Maria zeigende Kreuzstab ist als *»Symbol des Hirtenamts und der Vollmacht über die Kirche«* zu interpretieren.[37] Des weiteren weist Hans Seyfer mit diesem seitlichen Kreuz hintergründig auf den Kreuzestod von Jesus hin. Das Kreuz korrespondiert formal und inhaltlich mit der feinen reliefgeschnitzten Verkündigungsszene des Erzengels Gabriel an Maria auf der Vorderseite der Bischofsmitra des Kilian (Abb. S. 49 und 96). Anfang und Ende der irdischen Jesusgeschichte verbunden mit den Freuden und Leiden seiner Mutter finden somit rechts und links neben Maria als stille Zeichen ihren offiziellen Platz.

Vertraute Bildtraditionen begegnen uns in den beiden Märtyrergestalten Laurentius (Abb. S. 46) und Stephanus (Abb. S. 47).

»Märtyrer sind Glaubenszeugen, die ihr Christusbekenntnis im Widerstand gegen eine glaubensfeindliche Staatsordnung«[38] und antichristliche Gesellschaft mit dem Tod bezahlen muß-

Abb. S. 50/51
Petrus,
Corpus, zweite Figur von links

[34] *RGG, Bd. 5, S. 247.*
[35] *Zur liturgischen Amtstracht der römisch-katholischen Kirche, insbesondere Petrus, siehe: Braun, Tracht, S. 596.*
[36] *Matthäus 16, 19.*
[37] *LCI, Bd. 4, S. 194.*
[38] *RGG, Bd. 4, S. 587.*

Laurentius, Kopf, Corpus, linke Figur

Laurentius, Detail Bratrost, Corpus, linke Figur

ten. Laurentius und Stephanus sind die bekanntesten unter ihnen, die sogenannten »Erzmärtyrer«. Ihr Kult ist im Mittelalter im Abendland weit verbreitet. Seit alters her genießen die beiden eine volkstümliche Verehrung, die sicherlich auch auf die Überlieferung zurückzuführen ist, daß beide Heilige ihr gemeinsames Reliquiengrab in San Lorenzo fuori le mura in Rom gefunden haben.[39] Beide Erzmärtyrer sind deshalb auch immer wieder gemeinsam in einem einzigen Bildfeld dargestellt worden. Erinnert sei hier z.B. an die berühmten bronzenen Relieftüren, gefertigt von Donatello um 1440, in der alten Sakristei von San Lorenzo in Florenz (Abb. oben rechts).[40]

Donatello, Relief mit Stephanus und Laurentius auf der Bronzetür in der Alten Sakristei von San Lorenzo, Florenz, um 1440

Während Donatello das aktive Gespräch zwischen Laurentius und Stephanus thematisiert, konzipiert Hans Seyfer seine Erzmärtyrer als lebensgroße Statuen, die in ihrem kontrapostischen ruhigen Stand, in Gestus und Körperhaltung über die Mittelgruppe hinweg spiegelbildlich aufeinander bezogen sind. Beide wirken wie zwei Brüder, die aber durchaus mit individuellen Eigenschaften ausgezeichnet sind.

Laurentius (Höhe 172 cm) mit dem markant geschnittenen Gesicht und den kraftvollen Händen ist der ältere, aktivere und zupackendere von beiden (Abb. oben links). Sein aufgeschlagenes Evangelienbuch, getragen von den ausdrucksstark gespreizten Fingern seiner linken Hand (Abb. S. 52), kennzeichnet ihn als aktiven Gottesverkünder. Der mit der rechten Hand senkrecht wie

[39] *Die Legenden werden ausführlich erzählt in Jacobus de Voragine, Legenda Aurea, S. 531 ff.*

[40] *Janson, Donatello, S. 135 ff.*

Laurentius, Detail linke Hand mit Bibel, Corpus, linke Figur

ein Schutzschild vor den Unterkörper gehaltene Bratrost ist sein individuelles Attribut und erinnert an die Todesmarter im Jahr 258, die Laurentius als Diakon und Armenpfleger in Rom bei der valerianischen Christenverfolgung nach der Legende auf einem glühenden Bratrost erleiden mußte (Abb. S. 53 unten).[41]

Stephanus (Höhe 169 cm) wird dagegen von Hans Seyfer als die sanftere Persönlichkeit gesehen (Abb. S. 55). Die zierliche Gestalt mit dem weich gerundeten Gesicht, die friedfertigen Augen und die feingeschnittenen zarten Hände charakterisieren ihn – so wie ihn die Bibel beschreibt – als einen jugendlichen Diakon mit einem Gesicht *»wie eines Engels Angesicht«*.[41] *»In Stephanus war Schönheit des Leibes, Blüte der Jugend«* besagt die Augustinische Tradition[42] und Hans Seyfer charakterisiert ihn genau so.

Als individuelles Attribut trägt Stephanus mit der rechten Hand das geschlossene Evangelienbuch, darauf die Steine, mit denen er in Jerusalem getötet wurde. In der linken Faust hält Stephanus einen Palmenzweig als allgemeines Kennzeichen aller christlichen Märtyrer, *»weil sie Jesus dienten, der zu Jerusalem mit Palmen begrüßt wurde, und weil sie siegreich den blutigen Kampf bestanden haben«*.[43]

Laurentius

Die Ausschmückung der Passion und die Legendenbildung von Laurentius hatten sich schon die beiden Kirchenväter Ambrosius und Augustinus zum persönlichen Anliegen gemacht (LCI, Bd. 7, S. 374). So berichtet die Legende von der standhaften Weigerung des Laurentius, den ihm von Papst Sixtus II. anvertrauten Kirchenschatz an den römischen Kaiser auszuliefern. Laurentius verteilt stattdessen den Schatz öffentlich an die Armen in Rom und verweist bei seinem anschließenden Verhör vor dem Kaiser auf diese Armen als den eigentlichen Schatz der Kirche.
Die Beliebtheit des Laurentius gründet u.a. auf den Volksglauben, daß er Patron der Armen ist. Er hilft gegen Feuer, Krankheiten und Fegefeuerqualen. So rettet er an jedem Freitag eine Seele aus dem Fegefeuer (LCI, Bd. 7, S. 374).

Stephanus

Die Passion des Stephanus wird in Apostelgeschichte 6,1 – 8,2 anschaulich beschrieben. Demnach war Stephanus einer der sieben Gemeindediener, die von den Aposteln in Jerusalem zu Diakonen geweiht wurden. Stephanus kam bei seiner Tätigkeit in Konflikt mit den strenggläubigen Juden, die ihm Lästerung »wider Moses und wider Gott« vorwarfen. Seine Verteidigungsrede vor dem Hohen Rat erregte seine Gegner dermaßen, daß sie ihn steinigen ließen.
Der volkstümliche Stephanus-Kult sieht in ihm den Schutzpatron der Handwerker wie Böttcher, Kutscher, Maurer, Schneider, Steinhauer, Weber und Zimmerleute. Er gilt als Nothelfer für Kopfweh, Seitenstechen und Steinleiden (LCI, Bd. 8, S. 396).

Einen Palmenzweig und die Bibel als Hinweis auf ihr Märtyrertum tragen auch die beiden jungen Männer (Abb. S. 58 und 59), die sich zusammen mit zwei Frauenbüsten (Abb. S. 57) in der Baldachin- und Tabernakelzone des Corpus achsial über den fünf Hauptfiguren befinden (Abb. S. 40). Diese Figuren sind gegenüber den fünf Hauptfiguren im Größenmaßstab deutlich zurückgenommen und an ihrem balkonartigen Platz zwischen dem geschnitzten Blatt- und Astrankenwerk fast verborgen. Wir müssen genau hinsehen, um die Schönheit und Bedeutung dieser »Assistenzfiguren« erkennen zu können.

Stephanus, Corpus, rechte Figur

[41] *Apostelgeschichte 6,15.*
[42] *LCI, Bd. 8, S. 396.*
[43] *Sauer, Symbolik, S. 230.*

Margareta von Antiochien, Corpus, Baldachin- und Tabernakelzone, zweite Figur von rechts

Mit Gewißheit lassen sich durch die individuellen Attribute nur die beiden Frauenbüsten über Kilian und Petrus benennen. Margareta von Antiochien mit dem Drachen auf der Bibel (Abb. oben rechts) ist Kilian zugeordnet; über Petrus: Apollonia von Alexandrien mit dem Meißel (Abb. S. 56).[44]

Beide Frauen zählen zu den Nothelferinnen, die als Heilige Jungfrauen im Gefolge der Maria als Königin und Vorbild der Jungfrauenschaft auftauchen.[45]

Margareta hilft als Nothelferin bei Geburten, Apollonia gegen Zahnschmerzen, gegen die der mittelalterliche Mensch – ob arm oder reich – ziemlich wehrlos war.

Margareta von Antiochien

Nach der Legende wurde Margareta von Antiochien im 4. Jahrhundert auf Befehl des Stadtpräfekten Olibrius, der sie wegen ihrer Schönheit heiraten und deshalb vom christlichen Glauben abbringen wollte, nach vielen Martern enthauptet. Der Drache auf der Bibel erklärt sich aus dem Errettungs-Erlebnis von Margareta im Gefängnis, wo ihr ein Drache (Teufel) erschien, der sie verschlingen wollte, durch das von Margareta in allerhöchster Not gemachte Kreuzzeichen aber keine Macht über sie ausüben konnte (LCI, Bd. 7, S. 494 und Legenda Aurea, S. 464-466).

Apollonia

Apollonia starb 249 in Alexandrien den Märtyrertod. Der Legende nach wurden ihr mit dem Meißel die Zähne ausgeschlagen, anschließend wurde sie lebendig verbrannt bzw. mit dem Schwert hingerichtet (LCI, Bd. 5, S. 232 ff.).

S. 56/57 links
Apollonia von Alexandrien, Corpus, Baldachin- und Tabernakelzone, zweite Figur von links

Hans Seyfer kennzeichnet Margareta und Apollonia (Höhe jeweils 52 cm) als schöne Bürgerstöchter in modischer Zeittracht aus reichem Hause. Ein Zeichen ihrer Jungfrauen-

[44] *Der Meißel der Apollonia im Schnitzaltar ist ergänzt, er entspricht aber mit hoher Wahrscheinlichkeit dem ursprünglich vorhandenen Attribut.*

[45] *Zum Thema der »Virgo-inter-virgines«-Darstellung siehe: LCI, Bd. 8, S. 573.*

Anbetender Engel auf der linken oberen Schreinecke des Schnitzaltars, Detail der Lithographie von Fritz Wolff 1833, abgebildet bei Titot (vgl. Abb. S. 106)

schaft – auf die sie stolz zu sein scheinen – sind die offenliegenden, zu herrlichen Zöpfen gebundenen Haare, die von einer perlenbestickten Haube und einem Seidentuch kunstvoll zusammenhalten werden. Jedes Detail ist hier liebevoll mit großer sinnlicher Präzision erarbeitet worden. Des weiteren gelingt es Hans Seyfer, die beiden Frauen durch ihre spiegelbildliche Kopfhaltung und den gesenkten Blick zu Maria in Beziehung zu setzen. Seyfer unterstreicht damit noch einmal mit kompositorischen Mitteln den inhaltlichen Zusammenhang zwischen den drei Frauen.

Gegenüber dieser »Frauentrias« treten die zwei seitlichen jungen Männer (Höhe jeweils 89 cm) über Laurentius und Stephanus in ihrer äußeren Schlichtheit augenfällig

Kolonat/Totnan, Corpus, Baldachin- und Tabernakelzone, linke Figur

Kilian und seine beiden Gefährten

Kilian und seine beiden Gefährten werden oft als Dreiergruppe dargestellt. Über Leben, missionarisches Werk und Martyrium des Wanderbischofs Kilian und seiner beiden Gefährten Kolonat und Totnan gibt es nur wenige geschichtlich abgesicherte Quellen. Kilian entstammt dem iro-schottischen Mönchstum. Um 680 entfaltet er im Würzburger Raum eine rege Missionstätigkeit. Von Herzog Gozbert gastlich aufgenommen, bekehrt er ihn und sein Volk zum Christentum. Des weiteren veranlaßt Kilian, daß sich Gozbert von seiner Schwägerin Geilana trennt, mit der er verheiratet ist. Geilana rächt sich an Kilian, indem sie ihm und seinen beiden Gefährten durch heimlich gedungene Mörder 689 den Kopf abschlagen läßt. 752 kommt es zur Elevation der Märtyrergebeine durch Bischof Burkard, der 742 als erster Bischof Würzburgs von Bonifatius in sein Amt eingesetzt worden war. 788 werden die Kilians-Gebeine und die seiner Gefährten in Gegenwart von Karl d. Großen in den Salvator-Dom, das heutige Neumünster von Würzburg, überführt. Seit dieser Zeit gilt Kilian als offizieller Schutzpatron der Würzburger Kirche und ist der erste Heilige des Reichsgebiets rechts des Rheins. Die große volkstümliche Verehrung des Kilian in der Würzburger Diözese und im fränkischen Umkreis (Heilbronn) ist bis heute ungebrochen. Viele Quellen und Brunnen tragen seinen Namen. Kilian ist der Schutzpatron der Tüncher, Weißbinder und Büttner sowie der Augen-, Gicht- und Rheumaleidenden, aber nicht der Winzer, wie vielfach fälschlich seit dem »Frankenlied« des Josef Viktor Scheffel (1826–1886) zu lesen ist (LCI, Bd. 7, S. 309 ff; Wittstadt, Kilian, S. 1 ff; Bechstein, Kilianskirche, S. 14 ff).

zurück. Die Überlieferung deutet sie als Kolonat und Totnan (Abb. S. 58 und 59), die beiden Leidensgefährten des Kilian.[46]

Die mittlere Baldachinnische über Maria und die beiden kleinen Säulentabernakel zwischen Laurentius und Petrus bzw. Kilian und Stephanus sind leer. Vielleicht hatte Hans Seyfer diese Plätze ursprünglich für weitere Assistenzfiguren, z.B. Maria bekrönende, musizierende oder anbetende Engel

[46] *Die Palmen der Diakone sind ergänzt.*

Kolonat/Totnan, Corpus, Baldachin- und Tabernakelzone, rechte Figur

vorgesehen. Dies könnte aus der Ikonographie der damaligen Marien-Altäre durchaus abgeleitet werden, doch bleibt diese Überlegung für den Heilbronner Schnitzaltar Spekulation.[47]

[47] *Vgl. Tripps, Syfer, S. 129. Die Baldachinnische über der Maria ist relativ eng und durch das vorgesetzte Rankenwerk kaum einsehbar.*

Heinrich Titot bildet in seiner 1833 erschienen Abbildung des Schnitzaltars (Abb. S. 58 oben) auf der linken oberen Schreinecke eine bisher nicht erkannte Figur ab, die als anbetender knieender Engel interpretiert werden kann. Heute existiert diese Skulptur (und das notwendige Pendant) nicht mehr. Vom Größenmaßstab und der ikonographischen Folgerichtigkeit ließe sich diese Engelsfigur eher der mittleren Baldachinnische über Maria als der Außenbekrönung des Schnitzaltars zuordnen.

Geburt Christi,
Corpus, linker Flügel,
oberes Relief

Der Corpus – der zentrale »Körper« des Triptychons – ist den vollrunden Einzelfiguren vorbehalten. In ihrer Gesamtheit veranschaulichen sie exemplarisch die Präsenz der Kirche mit den vorbildhaften Zeugen, die ihr Leben für das Christusbekenntnis opferten. Die beiden Seitenflügel sind dagegen der Ort, wo sich das christliche Heilsgeschehen im vielfigurigen Flachrelief entfalten kann.

Diese Differenzierung der bildnerischen Mittel ermöglicht es Hans Seyfer, nicht nur eine skulpturale Steigerung zur Gottesmutter in der Schreinmitte vorzunehmen, sondern auch inhaltlich einige wichtige neue Akzente zu setzen.

Geburt Christi,
Detail Stadtansicht Bethlehem,
Corpus, linker Flügel, oberes
Relief

Die vier Flachreliefs sollten horizontal von links oben nach rechts oben und von unten links nach unten rechts gelesen werden. Ähnlich einer Bilderbibel veranschaulichen die Reliefs

Auferstehung Christi, Corpus, rechter Flügel, oberes Relief

in erzählerischer Breite in den oberen Reliefs mit ›*Geburt*‹ (Abb. S. 60) und ›*Auferstehung*‹ (Abb. oben) das Leben Christi und in den beiden unteren Reliefs mit ›*Pfingsten*‹ (Abb. S. 64) und ›*Tod der Maria*‹ (Abb. S. 65) die Teilnahme an der Erlösung und Vollendung der Welt.[48]

Auffällig im Bildzusammenhang der vier Relieffelder ist die Tatsache, daß den beiden oberen Reliefs ein größerer Bildstreifen zugewiesen wird als den beiden Relieffeldern darunter, die sich mit der Marien-Geschichte beschäftigen. Diese formale Asymmetrie auf Seitenflügeln von Schnitzaltären ist für die damalige Zeit einzigartig. Sie läßt sich nur inhaltlich begründen und dadurch erklären, daß Hans Seyfer die größere theologische Bedeutung von Christus gegenüber Maria bewußter verdeutlichen wollte.

Auferstehung Christi, Detail Stadtansicht Jerusalem und Noli me tangere, Corpus, rechter Flügel, oberes Relief

Hinzu kommt noch ein weiteres: Verbinden wir die horizontale Trennungsachse der Seitenflügel zu einer imaginären Linie, so kreuzt sich diese Horizontale mit der vertikalen

[48] *In diesem Zusammenhang sei es erlaubt, auf die 15 Holzschnitte der »Apokalypse« von Albrecht Dürer hinzuweisen, die dieser 1498 – im Vollendungsjahr des Seyferschen Schnitzaltars – geschaffen hatte. Dürer traf mit der »Apokalypse« den Nerv der Zeit. Die Menschen lebten in der Erwartung des nahen Weltuntergangs und glaubten, das Jüngste Gericht stünde unmittelbar bevor. Das Jahr 1500 wurde allgemein als Zäsur begriffen (Ausst. Kat. Dürer, S. 9).*

Pfingsten,
Corpus, linker Flügel,
unteres Relief

Symmetrieachse des Schnitzaltars genau an der Stelle, die durch den nackten Körper des Christusknaben – den Maria uns entgegenhält – gekennzeichnet ist (Abb. unten links). Damit erhärtet sich unsere Vermutung, daß Hans Seyfer mit dem Heilbronner Schnitzaltar nicht nur einen traditionellen Marienaltar im Geist des ausgehenden Mittelalters, sondern

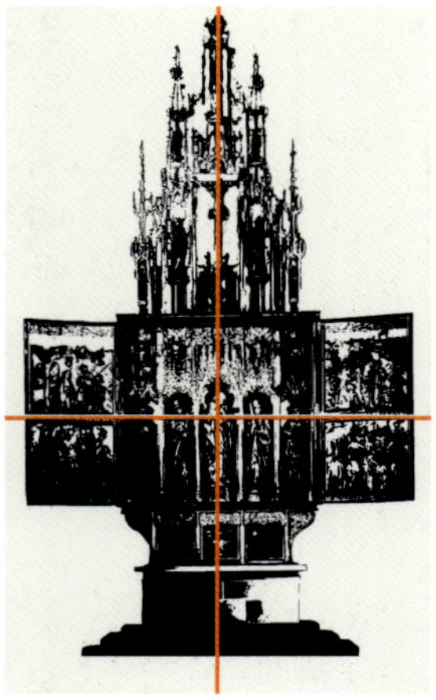

Schemazeichnung der Achsen, die sich in Christus kreuzen

Pfingsten

Pfingsten gilt seit frühchristlicher Zeit durch die Aussendung des Heiligen Geistes auf die 12 Apostel (Apostelgeschichte 1, 13-14 und 2, 1-13) als »Ursprung der Mission und Gründung der Kirche Christi auf Erden« (RGG, Bd. 5, S. 311).
Hans Seyfer veranschaulicht in seinem »Pfingstbild« diese Gründungsphase – oder »Geburt« – der irdischen Kirche treffend, indem er in einem engen, durchfensterten Innenraum Maria ins Zentrum des Bildgeschehens setzt und das Pfingstwunder in den Köpfen und Gesten der zwölf Apostel durch die unterschiedlichsten geistigen »Erleuchtungs«-Phasen sich widerspiegeln läßt. Die Figurenkomposition öffnet sich folgerichtig nach oben in achsialem Bezug auf Christus im »Geburtsbild«. Im »Marientod« veranschaulicht Hans Seyfer nicht nur das traditionelle Bild von der Sterbestunde der Mutter Gottes »im Haus am Berge Sion« in Gegenwart aller zwölf Apostel, die aus der ganzen Welt auf wundersame Weise noch rechtzeitig bei Maria eintrafen (LEGENDA AUREA, S. 583), sondern auch das eschatologische Ziel der Kirche Gottes auf Erden. Theologisch gesehen ist der Tod der Durchgang zum Ewigen Leben, die Voraussetzung zur Teilhabe an der Erlösung und Vollendung der Welt und bedeutet somit letztendlich am Jüngsten Tag auch das Ende der irdischen Kirche als Gemeinschaft der Heiligen.

Marientod, Corpus, rechter Flügel, unteres Relief

auch einen Altar mit christozentrischem Programm im Vorgriff auf die im Jahre 1530 in Heilbronn offiziell eingeführte Reformation geschaffen hat. Zusätzlich wird dieser auf die Reformation hinweisende Ansatz im Sinn von Luthers Forderung nach »sola scriptura« durch die auffällig häufige Darstellung der Bibel im Figurenprogramm des Schnitzaltars (15 mal) und damit ihre Bedeutung als wichtige Lebens- und Argumentationshilfe (nicht nur für die Kirchenväter) sichtbar gemacht.[49]

Zu den vier Flügelreliefs und ihrer Deutung wäre noch folgendes zu sagen:

Jedem Relieffeld ist die didaktische Zielrichtung eigen, das christliche Heilsgeschehen durch prägnante und variantenreiche Gestaltfindung der Figuren zu charakterisieren. Tiefe menschliche Anteilnahme spricht aus den Gesichtern, den Gesten und dem Grad des Beieinanderseins in den verschiedenen Figurengruppen. Generell liegen den einzelnen Bildszenen Vorzeichnungen und Stiche von Martin Schongauer und dem Meister E.S. zugrunde. So können z.B. enge Bezüge zum Meister E.S. in der ›*Geburt Christi*‹ (Abb. S. 66) mit der wörtlichen Übernahme von Ochs und Esel, dem Typus der Hirten und den anbetenden drei

[49] *Zur Reformation in Heilbronn vgl. den Text auf der folgenden Seite.*

Die Reformation in Heilbronn

Die Reformation wurde in Heilbronn 1530 offiziell eingeführt. Treibende Kräfte waren vor allem der Bürgermeister Hans Riesser und Johann Lachmann, der seit 1521 als reichsstädtischer Prediger an der Kilianskirche im lutherischen Geist tätig war (Ausst. Kat. Reformation, S. 135). Diese Predigerstelle wurde seit 1426 aufgrund der Stiftung der verwitweten Heilbronner Patrizierin Anna Mettelbach mit einem vom Rat der Stadt Heilbronn zu wählenden Prädikanten (»Weltgeistlicher«) besetzt und war vom Kirchherrn in Würzburg, der in Heilbronn etwa 15 Priester für die Kilianskirche bereitstellte, unabhängig (Ausst. Kat. Reformation, S. 55, 88, 97).
Die Reformation war kein »Blitz« aus heiterem Himmel. Ihr Gedankengut breitete sich schon im letzten Viertel des 15. Jahrhunderts in Heilbronn unaufhaltsam aus. Zu ihren »Wurzeln« oder Vorbereitern gehörten sicherlich der Humanist Konrad Költer, der seit 1485 in Heilbronn die Lateinschule leitete, und Dr. Johann Kröner, der von 1493 bis zu seinem Tod 1520 die Predigerstelle in der Kilianskirche innehatte. Kröner, geboren in Schärding, kam nach dem Universitätsstudium in Ingolstadt und Würzburg nach Heilbronn. Er war Doktor der Künste und der Theologie und am Ende seines Lebens sehr vermögend. Er dürfte eine wichtige Rolle für alle Fragen im Zusammenhang mit dem Seyferschen Schnitzaltar und bei der Auftragsvergabe gespielt haben. Die Details dieser wichtigen Frage, wer den Auftrag letztendlich vergeben, das ikonographische Programm festgelegt hat und woher die Gelder kamen, sind leider noch unerforscht. Johann Kröners in Messing gegossenes Epitaph von 1520 in der Kilianskirche zeigt ihn als Geistlichen mit Kelch und Bibel. Die ausführlichsten Nachrichten zu Dr. Johann Kröner finden wir bei Hummel, Kröner, S. 25-43.

Meister E. S., Die Geburt Christi, Kupferstich, vor 1468

Engeln im Vordergrund rechts (Abb. S. 60 und 67) nachgewiesen werden.[50]

Doch sind diese Bildzitate nicht als plagiatartige Übernahme oder als Mangel an künstlerischer Phantasie mißzuverstehen, sondern als übliche Werkstattpraxis, mit der der Auftragnehmer seinem Auftraggeber »ohne Gesichtsverlust« entgegenkommen konnte. Denn die Kupferstiche vom Meister E.S. und von Martin Schongauer waren Ende des 15. Jahrhunderts weit verbreitet; sie besaßen Vorbildcharakter, und die Auftraggeber legten Wert darauf, daß die Auftragnehmer nach diesen Vorbildern arbeiteten.[51]

Für Seyfer dürfte es viel wichtiger gewesen sein, die bekannten Bildmotive in einen neuen Sinnzusammenhang zu bringen. So stellt er Christus sowohl als Kind wie auch als Auferstandenen jeweils zentral in den Vordergrund. Alle weiteren Erzählungen – die Verkündigung an die Hirten auf dem Feld (Abb. S. 61), die Begegnung zwischen Maria Magdalena und dem auferstandenen Christus als Gärtner (noli me tangere) und die drei Frauen mit dem Engel am Felsengrab (Abb. S. 62) – werden formal wie auch inhaltlich auf diese Mitte bezogen.[52] Sogar für das ›Pfingstbild‹ und die ›Sterbende Maria‹ ist Christus der eigentliche »Blick«-Bezug, denn er befindet sich in der Bildmitte darüber.

Geburt Christi, Detail, Corpus, linker Flügel, oberes Relief

[50] *Bernhard, Schongauer, S. 270.*

[51] *Huth, Künstler, S. 36.*

[52] *Auf der nach vorne gefallenen Felsenplatte, die ursprünglich das Grab Christi sicherte und zwischen der Graböffnung und dem Auferstandenen wie eine »Brücke« liegt, ist die Jahreszahl 1498 eingeschrieben (Abb. S. 68). Die dazugehörenden sechs Zeilen in hebräischer Schrift konnten bis heute leider noch nicht sinnvoll entziffert werden (vgl. Gräf, Unterländer Altäre, S. 56 u. 189).*

Die Namen der drei Frauen, die am Ostermorgen das Grab Christi aufsuchen, sind in den Auferstehungsberichten der Bibel verschieden wiedergegeben. Matthäus 28,1 nennt Maria Magdalena und »die andere Maria« als die ersten Zeuginnen der Auferstehungsbotschaft; Markus 16,1: Maria Magdalena, die Mutter des Jakobus und Salome; Lukas 24,9: Maria Magdalena, Johanna, Maria, die Mutter des Jakobus und die »übrigen«; Johannes 20,1 nennt nur Maria Magdalena alleine (LCI, Bd. 2, S. 54 f.). Bei Hans Seyfer empfangen drei Frauen die Engelsbotschaft. Die Auferstehung Christi vollzieht sich für die Frauen unsichtbar im Vordergrund des Bildfeldes. Hier ist auch der Platz der vier Grabwächter, die in zeitgenössischer Tracht und mit gewaltbereiten Waffen zur anschaulichen Gegenwelt der eucharistischen Christusgestalt mit dem Siegesbanner werden.

Auferstehung Christi, Detail Grabplatte mit eingeschnitzter Datierung (1498), Corpus, rechter Flügel, oberes Relief

Auch die perspektivisch unterschiedliche Sicht aus der Enge des Innenraums um Maria in die Raumtiefe der Landschaft um Christus macht Sinn, wird zu einer »Bedeutungs-Perspektive«, wenn wir berücksichtigen, daß Hans Seyfer die beiden Seitenflügel jeweils mit der Darstellung einer mittelalterlichen Stadt – links Bethlehem, rechts Jerusalem – als Hinweis auf das himmlische Fernziel, die Erlösung enden läßt.[53]

Auferstehung Christi, Detail Soldaten, Corpus, rechter Flügel, oberes Relief

[53] *Der Bibelerzählung gemäß hat Hans Seyfer Bethlehem dem Geburtsbild und Jerusalem der Auferstehungsszene zugeordnet. Beide Städte sind nach frühchristlicher Tradition (Rom, S. Maria Maggiore, 422-432) immer wichtige Symbole für die christliche Erlösung gewesen (LCI, Bd. 4, S. 205 ff.).*

III.3. Das Figurenprogramm im Gesprenge

Gesprenge des Schnitzaltars von Hans Seyfer

Mit den fünf zur Mitte sich aufstaffelnden Gesprengetürmen (Abb. oben), den Trägern der dort in Baldachinnischen plazierten neun Figuren, schließt Hans Seyfer den architektonischen, figurativen und ornamentalen Aufbau des Schnitzaltars ab. Dabei ist es für die Stimmigkeit des Gesamtgefüges wichtig, daß sich die fünf Gesprengetürme genau über den fünf

Gekreuzigter Christus, mittlerer Gesprengeturm

Gekreuzigter Christus, Detail Lendentuch, mittlerer Gesprengeturm

Hauptschiffen des Corpus mit den dort stehenden Hauptfiguren befinden. Corpus und Gesprenge werden somit im achsialen Zusammenhang ihrer architektonischen und figurativen Glieder als organische Einheit einer turmreichen Kathedrale ›en miniature‹ sichtbar gemacht.

Im Figurengeschehen des Gesprenges ist der gekreuzigte Christus (Höhe 125 cm) die Mitte (Abb. S. 70). Hans Seyfer charakterisiert ihn nicht im Todeskampf am Kreuz, sondern als Sieger, der die Todesnot überwunden und die Menschen erlöst hat (Abb. S. 72). *»Es ist vollbracht«*.[54] Christus hier am Kreuz ist das Abbild der Erlösung. Der friedlich nach links geneigte Kopf mit der Dornenkrone (Abb. S. 72), das entspannte Gesicht mit den halbgeschlossenen Augenlidern und der Mund, über den ein stilles Lächeln zu huschen scheint, bekräftigen diese Bildaussage. Einzig das Lendentuch in seiner graphisch abstrakten Bewegung signalisiert noch etwas von der Dramatik des vorangegangenen Geschehens (Abb. oben). Auch die unter dem Kreuz stehende Mutter Maria (links, Höhe 116 cm, Abb. S. 71 und 74) und den Jünger Johannes (rechts, Höhe 114 cm, Abb. S. 75) und die am Fuß des Kreuzes knieende Maria Magdalena (Höhe 90 cm, Abb. S. 76 und 77) bindet Hans Seyfer kunstvoll durch die

Gekreuzigter Christus, mittlerer Gesprengeturm

[54] *Johannes 19, 30.*

Maria,
zweiter Gesprengeturm
von links

Johannes,
zweiter Gesprengeturm
von rechts

kreisförmige Blickbewegung in diese von Christus ausstrahlende Erlösungssituation ein.

Maria Magdalena, die »büßende Sünderin« in zeitgenössischer Mode, umklammert mit beiden Händen das Kreuz. Blick und Geste gehen hilfesuchend zu Johannes nach rechts oben. Dessen Antlitz und die gefalteten Hände weisen zur Mitte auf Christus, der die Bewegung durch sein nach links geneigtes Haupt an Maria weitergibt. In Marias demütiger Haltung, insbesondere in den über der Brust kreuzförmig verschränkten Händen findet die Blickbewegung einen ersten Ruhepunkt. Gleichzeitig weist Marias Blick zurück zum Ausgangspunkt auf Maria Magdalena, in der das exemplarische Hoffnungszeichen der Erlösung für den auf Erden schuldig gewordenen und Reue zeigenden Menschen gesehen werden muß.

Maria Magdalena

Maria Magdalena ist nach biblischer Überlieferung (Johannes 19, 25; Matthäus 27, 56; Markus 15, 40) bei der Kreuzabnahme und Grablegung Christi (Matthäus 27, 61; Markus 15, 47) Augenzeugin. Sie gehört zum engen Personenkreis um Christus, der sie als »reuige Sünderin«, d. h. Prostituierte, zum christlichen Glauben bekehrt (Lukas 8,2; Markus 16,9).

Die kultische Verehrung der Maria Magdalena ist im Spätmittelalter weit verbreitet. Ein anschauliches Beispiel zeigt der »Münnerstädter Altar« von Tilman Riemenschneider aus den Jahren 1490–92, der Maria Magdalena gewidmet ist. Hartmut Krohm faßt die Bedeutung der Maria-Magdalena-Verehrung am Beispiel des »Münnerstädter Altars« treffend zusammen, wenn er schreibt: »Durch das Beispiel der Maria Magdalena ließ sich in moralisierend-didaktischer Weise, die auf Übertragbarkeit und Befolgen des Beispiels hinzielte, der Weg aus der Sündhaftigkeit zu einem heiligmäßigen Leben prägnant umreißen: Inkarnation und Tod Christi als Akt der Liebe Gottes entzünden die Liebe des sündigen Menschen, lassen ihn seine Schuld gewahr werden und ermöglichen seine Umkehr; wie Maria Magdalena, der am Ostermorgen vor allen anderen Aposteln und Jüngern die Botschaft der Auferstehung zuteil wurde, erfährt er an sich die Erlösung durch göttlichen Gnadenerweis«. (Ausst. Kat. Riemenschneider, S.124).

Gegenüber der Mittelgruppe, die das Gesprenge dominiert, treten die restlichen fünf Gesprengefiguren – bis auf den Kilian – in den Hintergrund zurück. Ihr zurückgenommener Standort in eine zweite Ebene und die damit verbundene Minderung ihrer Figurengröße verleiht ihnen einen die Mittelgruppe rahmenden Charakter. Sie sprechen zu uns nicht als die unmittelbaren Augenzeugen der Kreuzigung, eher als Zeugen, die das zentrale Heilsgeschehen aus der Distanz wahrnehmen und nach außen hin abschirmen, zugleich aber auch vermitteln.

Abb. S. 76/77
Maria Magdalena am Fuß des Kreuzes, mittlerer Gesprengeturm

Pilgerfigur, linker Gesprengeturm

Abb. S. 78 rechts/79 Bischof Wolfgang von Regensburg, rechter Gesprengeturm

Diese Distanz zur Mitte trifft besonders auf die zwei untersten Figuren in den beiden äußeren Gesprengetürmen zu. Es sind die kleinsten Statuetten im Figurenprogramm des Schnitzaltars (Höhe jeweils 63 cm). Die Attribute kennzeichnen sie links als einen Pilger (Abb. oben links) und rechts als den Bischof Wolfgang von Regensburg (Abb. oben rechts und S. 79). Letzterer ist die am schlechtesten erhaltene Figur. Wolfgang ist in seiner Bedeutung aber als Wallfahrtsheiliger und Nothelfer durch das Kirchenmodell und den Bischofsornat mit Krummstab noch gut zu erkennen. Dagegen fehlt dem Pilger in seiner typischen Pilgerkleidung mit dem breitkrempigen Hut, dem halblangen Rock, Mantelumhang und Wanderstab das persönliche Kennzeichen, z.B. die Jacobsmuschel. Wir können deshalb die feingliedrige Gestalt mit dem tänzelnden Schritt namentlich heute nicht mehr näher bestimmen.

Bischof Wolfgang von Regensburg

Wolfgang wird um 924 in Schwaben geboren; von 972 bis zu seinem Tode 994 ist er einflußreicher Bischof von Regensburg. Er missioniert 971 Ungarn. 1052 Heiligsprechung. Sein Kultzentrum ist die Wallfahrtskirche St. Wolfgang am Abersee, für die Michael Pacher 1475–81 den berühmten Schnitzaltar schuf. Der Wolfgangskult war sehr volkstümlich und breitete sich im 15. Jahrhundert über den bischöflichen Wirkungskreis von Wolfgang bis nach Böhmen, Franken und Schwaben aus. Auch in Heilbronn sind zwei dem St. Wolfgang geweihte Kirchenbauten im 15. Jhdt. urkundlich nachweisbar (Ausst. Kat. Reformation, S. 87).
Wolfgang ist der Schutzpatron der Zimmerleute, Hirten, Holzhauer und Schiffer. Als Nothelfer hilft er gegen Gicht, Bauchweh, Blutfluß, Lähmung, Ruhr, Schlaganfall, Unfruchtbarkeit und Mißgeburt (LCI, Bd. 8, S. 626).

Anna Selbdritt, zweiter Gesprengeturm von links, obere Figur

Anna Selbdritt

Anna ist im Neuen Testament nicht nachweisbar. Die Anna-Legenden und der Anna-Kult wachsen aus dem Marienkult und verbreiten sich dank der besonderen Fürsorge durch den Franziskaner-Orden seit dem 13. Jahrhundert.

Auch in Heilbronn gab es eine Anna-Bruderschaft mit einem Anna-Altar in der Kilianskirche, die den Bildhauer Hans Seyfer 1506 beauftragt, ein Retabel für diesen Altar zu schnitzen (Rauch, Seyfer, S. 506).

Der Legende nach war Anna dreimal verheiratet. Ihrem ersten Mann, Joachim, gebar sie die Gottesmutter Maria. Weitere Maria genannte Kinder folgen aus der zweiten und dritten Ehe.

Anna ist im 15. Jahrhundert für vielfältige Anliegen zuständig. Sie ist Patronin der Witwen, der werdenden Mütter, der kinderlosen Frauen. Sie hilft den Pestkranken. Der gesamte Haushalt untersteht ihrem Schutz (LCI, Bd. 5, S. 168 und S. 185; LEGENDA AUREA, S. 677-680).

Fragen wir nach dem übergeordneten Sinnzusammenhang dieser beiden Figuren, dann läßt sich am ehesten das Thema Pilgerschaft und Wallfahrt nennen. Beide Themen besitzen für den volkstümlichen Glauben bis in das späte 15. Jahrhundert einen ungemein hohen Stellenwert. Denn die Bevölkerung sieht sich vom Wallfahrts- und Pilgerwesen sogartig erfaßt. Beide Dinge gelten als »heilsnotwendig«, und die großen christlichen Wallfahrtsziele, z.B. Jerusalem, Rom, Santiago de Compostela oder in Deutschland z.B. Aachen, Köln und Trier, vermitteln »Gnadenzustrom« und die Lebenshilfe in allen leiblichen, seelischen und geistigen Notlagen.[55]

Hinzu kommt der Glaube, daß das menschliche Leben eine Pilgerschaft durch das irdische Jammertal sei.[56] Auch gilt das Fegefeuer für jeden Menschen als unausweichlicher Aufenthalt zwischen Hölle oder Paradies, das mit der Himmelsstadt Jerusalem gleichgesetzt wurde. *»Denn wir haben hier keine bleibende Stadt, sondern die zukünftige suchen wir«*.[57]

Zur Notwendigkeit von Pilgerschaft und Wallfahrt kommt ein weiteres hinzu: z.B. die Forderung, Barmherzigkeit und Nächstenliebe zu üben. Anschauliche Vorbilder am Schnitzaltar sind hierfür die beiden über Maria und Johannes stehenden Figuren: Anna Selbdritt (Abb. oben und S. 82) und Elisabeth von Thüringen (Abb. S. 81 und 83). Beide Figuren (Höhe jeweils 70 cm) interpretieren sich gegenseitig schwesterlich.

[55] *RGG, Bd. 6, S. 1540.*
[56] *Nach Paulus (2. Kor. 5, 6) befindet sich der gläubige Christ zeitlebens auf der Pilgerfahrt; seine eigentliche Heimat ist der Himmel (Phil. 3, 20).*
[57] *Hebräer 13, 14.*

»Anna Selbdritt« ist die Bezeichnung für die Figurengruppe mit der Darstellung der Familie Jesu mütterlicherseits. Anna, die reife Matrone, d.h. verheiratete Frau, mit Kinn-, Stirn- und Kopftuch, trägt sowohl ihre mädchenhafte Tochter Maria als auch ihren puttogleichen Enkel Jesu tatkräftig mit ihren Händen vor der Brust. Hans Seyfer gestaltet dieses Tragen als Sinnbild großer mütterlicher Nächstenliebe. Denn beide »Kinder« geben sich gegenseitig Halt, sie fassen sich an der Hand und bilden somit einen Kreis, der die körperliche und geistige Einheit mit der Mutter bzw. Großmutter sichtbar macht.

In der schlanken Gewandfigur der Elisabeth kommt der Vorbildcharakter für Nächstenliebe und Barmherzigkeit noch prägnanter zum Ausdruck. Nächstenliebe bedeutet vor allem »Caritas« üben, d.h., mit persönlichem aktivem Einsatz »barmherzige Werke« vollbringen. In neutestamentlicher Reihenfolge lauten diese Werke folgendermaßen:

1. Dem Hungrigen zu essen geben,
2. dem Durstigen zu trinken geben,
3. den Freund beherbergen,
4. den Nackten bekleiden,
5. den Kranken besuchen,
6. dem Gefangenen Trost zusprechen.[58]

Elisabeth, die landgräfliche Witwe aus Thüringen mit ihrem Hospital in Marburg an der Lahn, gilt in der Nachfolge von Franz von Assisi (1182–1226) als das leuchtendste

Elisabeth von Thüringen, zweiter Gesprengeturm von rechts, obere Figur

Elisabeth von Thüringen

Elisabeth wird 1207 in Preßburg als ungarische Königstochter geboren. 1208 mit Ludwig IV., Sohn des Landgrafen Hermann I. von Thüringen verlobt; 1211 auf der Wartburg in Eisenach lebend. 1221 verheiratet mit Ludwig, der 1227 auf dem Kreuzzug stirbt. Als Witwe geht Elisabeth nach Marburg und dient dort als Terziarin des 3. Ordens der Franziskaner in der Krankenpflege, gründet ein Hospital und widmet sich mit höchstem persönlichem Einsatz der Krankenpflege. Nach einem asketischen Leben im Dienst am Nächsten stirbt Elisabeth am 17.12.1231 in Marburg. Heiligsprechung 1235 durch Papst Gregor IX. auf Betreiben des Deutschordens, der ab 1234 bis 1283 über ihrem Grab in Marburg den ersten gotischen Kirchenbau in Deutschland errichtet.
Elisabeth wird zur volkstümlichsten deutschen Heiligen mit vielen Legenden und ihr Kultzentrum in Marburg zu einer der am meisten besuchten Wallfahrtsstätten in Deutschland.
Elisabeth ist die Schutzpatronin des Deutschordens, der in Heilbronn im Deutschhof seit dem 13. Jh. eine wichtige Residenz und Fluchtkammer besaß, der Caritas, des 3. Ordens der Barmherzigen Schwestern, der Bettler und Kranken, auch der Bäcker und Spitzenmacherinnen (LEGENDA AUREA, S. 874-895; LCI, Bd. 6, S. 133; RGG, Bd. 2, S. 433).

[58] *Matthäus 25, 35; LCI, Bd. 1, S.246 u. 349, später ergänzt durch die Totenbestattung.*

Anna Selbdritt, zweiter Gesprengeturm von links, obere Figur

Vorbild für das selbstlose Dienen an den sozial Schwachen, Kranken, Aussätzigen und Kindern.

Hans Seyfer konzentriert sich in der Gestaltfindung seiner Elisabeth, die sowohl Weinkanne als auch zwei Brotlaibe trägt, sicherlich bewußt auf die beiden ersten der o.g. »barmherzigen Werke«. Denn Brot und Kanne sind in der Nähe zum gekreuzigten Christus auch immer als eucharistische Zeichen für die Erlösung von Sünden im Sakrament des Abendmahls zu interpretieren. Beide Attribute sind in ihrer Bedeutungstiefe damit vergleichbar

Elisabeth von Thüringen, zweiter Gesprengeturm von rechts, obere Figur

Kilian,
mittlerer Gesprengeturm,
oberste Figur

vielschichtig wie die beiden »Attribute« der Anna mit Maria und Jesus auf der gegenüberliegenden Gesprengeturmseite.

Mit Kilian (Höhe 110 cm), dem Schutzpatron der Würzburger Diözese und dem Schutzpatron der Heilbronner Kilianskirche, findet das Figurenprogramm des Schnitzaltars seinen Abschluß (Abb. links). Mit dieser »Spitzen«-Position unterstreicht Hans Seyfer noch einmal die wichtige Bedeutung des Kilian für den Schnitzaltar. Seyfer charakterisiert ihn hier oben ausschließlich als geistigen Hüter des religiösen Heilsgeschehens, denn Kilian trägt nur den bischöflichen Hirtenstab und das aufgeschlagene Buch; sein Schwert ist in dieser Region der »Erlösung« überflüssig. Der Gegensatz zu der Kiliansfigur im Corpus könnte nicht größer sein. Im Gesprenge: Kilian als vergeistigte Person, die nach rechts zur Seite des Sakramentshauses an der Chorapsiswand schaut. Im Corpus (Abb. S. 47): Kilian mit dem Schwert vor dem Hirtenstab, d. h. als wehrhafter Beschützer der Gottesmutter und damit der Kirche auf Erden. Sein Blick ist zur linken »Würzburger« Chorapsisseite gerichtet. Beide Lebensseiten des Kilian – oder allgemeiner gesagt: die ›vita activa‹ und die ›vita contemplativa‹ eines vorbildhaften Christen – sind durch die unterschiedliche Gewichtung der persönlichen Attribute nuancenreich und feinsinnig veranschaulicht.[59]

Gesprenge,
Detail oberer Abschluß

[59] *Die »vita activa« (z.B. Werke der Barmherzigkeit, Mitleid, Gerechtigkeit ausüben) verbindet sich in der mittelalterlichen Tugend- und Sittenlehre mit der »vita contemplativa« (Gaben des Geistes, z.B. Glaube, Liebe, Hoffnung, aber auch mit Klugheit und Friedfertigkeit) LCI, Bd. 4, S. 463 ff.*

IV. Ausblick

Der Schnitzaltar von Hans Seyfer ist aus heutiger Sicht – trotz des schmerzlichen Verlusts des ursprünglichen Gehäuses[60] – in jeder Hinsicht das kostbarste Kunstwerk in Heilbronn. Er ist zum »Grundstein« für die »Skulpturenstadt Heilbronn« geworden.[61]

Der Schnitzaltar wurde in der Qualität seiner Bedeutungsdichte und künstlerischen Ausdruckskraft schon wenige Jahre später zum Vorbild für den Westturm der Kilianskirche, dessen charaktervolles Turmoktogon die historische Altstadt wie eine kostbar ziselierte Stadtkrone überragt (Abb. S. 87). Dieser von Hans Schweiner 1529 vollendete Westturm mit seiner bizarren Skulpturenwelt und dem die Bürgerschaft repräsentierenden »Heilbronner« auf der Spitze ist der skulpturengewordene Ausdruck des stolzen Selbstbewußtseins der Reichsstadt,[62] die noch vor dem offiziellen Beitritt zur Reformation (1530) mit diesem Oktogon aus den Jahren 1507 – 1529 unübersehbar ein anschauliches Zeichen für ihr neues Selbstverständnis von Kirche und Welt setzt.[63]

Der Schnitzaltar von Hans Seyfer ist in seiner religiösen Aussage und Formfindung ein beredtes Zeugnis für das Glaubensverständnis der Reichsstadt Heilbronn aus der Zeit der Vorreformation. Des weiteren veranschaulicht er exemplarisch die hohe künstlerische Wertschätzung, die das städtische Bürgertum und der Klerus dem Bildhauer Hans Seyfer entgegenbrachte. Hans Seyfer rechtfertigte dieses in seine künstlerische Umsetzungskraft gesetzte Vertrauen, indem er einen Schnitzaltar schuf, der in seinem Figurenprogramm sowohl den traditionsreichen Marienkult wie auch den neuen christozentrischen Denkansatz der Reformatoren zu einer komplexen und vielschichtigen theologischen Einheit verband.

Der Seyfersche Schnitzaltar ist bis heute ein Ort der lebendigen theologischen Auslegung und Deutung geblieben. So deutete z.B. Martin Polster als damaliger evangelischer Dekan an der Kilianskirche am 11. November 1989 anläßlich einer mit dem Verfasser gemeinsam veranstalteten Kunstbetrachtung und Meditation das Figurenprogramm des Schnitzaltars folgendermaßen:

»Mit Maria als dem Bild für die Kirche im Mittelpunkt, dem Opfertod Christi zur Vergebung der Sünden als Grund und der Kreuzigungsgruppe im aufsteigenden Gesprenge als Hinweis auf die Erlösung, mit den Heiligen links und rechts vom Zentrum (die Siegespalme in den Händen) ist der Altar eine Predigt des 3. Glaubensartikels:[64]

»Ich glaube an den heiligen Geist, die heilige christliche Kirche, Gemeinschaft der Heiligen,

Westturm der Kilianskirche, Heilbronn, Turmoktogon, 1507 – 1529 von Hans Schweiner

[60] *Die Geschichte und die »Odyssee« des Schnitzaltars nach 1498 beschreibt Schrenk in dieser Publikation auf S. 107 ff.*
[61] *Viele Skulpturen in der Stadt Heilbronn seit 1500 sind erläutert und abgebildet in: Holthuis, Skulpturenstadt Heilbronn, S. 17 ff.*
[62] *Holthuis, Skulpturenstadt Heilbronn, S. 9.*
[63] *Zur Bedeutung des Westturms der Kilianskirche siehe vor allem Koepf, Kilianskirche, S. 28-35. Leider gibt es noch keine genaue Beschreibung des Figurenprogramms und seiner Deutung.*
[64] *Das Apostolische Glaubensbekenntnis (»Romanum«) ist in seiner heutigen Form seit Anfang des 5. Jahrhunderts schriftlich belegt (RGG, Bd. 1, S. 512).*

Hans Westhoff

Die Figuren und Reliefs des Heilbronner Schnitzaltars

Ergebnisse der technologischen Untersuchungen[1]

I. Zustand

Titot berichtet von einer durchgreifenden Restaurierung im Jahre 1784, bei der die Figuren gereinigt und zum Schutz vor erneutem Wurmfraß mit Bleiweiß und Lackfirnis angestrichen wurden.[2] Diese Weißfassung wurde bei der Restaurierung 1962 – 68 durch die Fa. Hammer, Ulm, abgenommen.[3] Man entschied sich damals für ein ätzendes, wässriges Lösemittel, da ölgebundenes Bleiweiß gegen weniger aggressive Lösemittel sehr widerstandsfähig ist.[4] Die Oberfläche wurde unter Verwendung von Bürsten und Schabeisen von Farbe und Lösemittelresten befreit. Zur Neutralisierung muß das Holz dann über einen längeren Zeitraum in Wasser gelegen haben; hierfür spricht die stark aufgerissene Oberfläche, in der bis zu 1 cm breite Risse klaffen. Ursprünglich zusammenhängende Teile wie Hände und Handgelenke sind bei dieser Prozedur gebrochen. Viele freistehende Partien wie Finger, Haarlocken, angeschnitzte Teile und Applikationen gingen dabei verloren. Auf Figurenseiten und Standflächen sieht man viele kleine Bohrlöcher, die wohl von einer Tränkung gegen neuerlichen Holzwurmbefall herrühren. An sichtbaren Partien der Figuren wurden die Löcher mit Dübeln wieder verschlossen.

Petrus, Detail Gewandsaum, Corpus, zweite Figur von links

Durch das aggressive Lösemittel bleichte der natürliche Holzton stark aus, auch die holzsichtige Oberflächenbehandlung ging dabei weitgehend verloren.

Kilian, Detail Gewandsaum, Corpus, zweite Figur von rechts

Nach dem Ablaugen sind Finger, Nasen, einzelne Gewandteile und die großen applizierten Rosetten ergänzt worden. Eine Unzahl von Schwundrissen wurde ausgespänt und der

1 Für die Detailaufnahmen danke ich Herrn Peter Frankenstein, für Anregungen und Durchsicht des Manuskripts Herrn Dr. Heribert Meurer, Frau Dr. Claudia Lichte und Herrn Roland Hahn.

2 Titot, Hauptkirche, S.11. Die Analysen von Frau Heide Härlin, Institut der Technologie der Malerei der Staatlichen Akademie der Bildenden Künste, Stuttgart, haben ergeben, daß es sich bei den Resten der Weißfassung um Bleiweiß und Öl handelt.

3 Bei der Restaurierung waren beteiligt: Walter und Ivo Hammer, Mathias Novak, Rudolf Platner, Siegfried Kopf, Richard Roth, Paul Kleemann und Peter Rau, begleitet durch das Staatliche Amt für Denkmalpflege in Stuttgart unter Dr. Georg Sigmund Graf Adelmann v.A.

4 Die kurzen, breiten Risse, besonders auf dem Stirnholz, sprechen für die Behandlung mit ätzenden Lösemitteln; ebenso die Reste eines weißen Belages, die wahrscheinlich von der ungenügenden Neutralisation des Lösemittels herrühren.

Umgebung entsprechend eingetönt. Die stark aufgerauhte Holzoberfläche wurde mit Stahlwolle geglättet und mit einem Wachsüberzug behandelt.

Auf dem Schaft des Kreuzes, das Petrus im Arm hält, waren in Nischen vier kleine Figürchen geschnitzt, deren Umrisse noch erkennbar sind. Wann und weshalb diese später bis auf den Untergrund abgearbeitet wurden, muß ungeklärt bleiben.

II. Material und Ausarbeitung der Figuren

Rudolf Schnellbach entdeckte, daß der Bildschnitzer für die Komposition einiger Figuren des Schnitzaltars Stichvorlagen – hauptsächlich von Martin Schongauer (Abb. S. 31) – verwendete.[5] Solche zweidimensionalen Vorlagen konnte der Bildhauer auf unterschiedliche Art und Weise auf seinen zu bearbeitenden Holzblock übertragen: Entweder wurde die Zeichnung nur als Hilfsmittel für die grobe Linienführung benutzt und auf die Größe des Blockes übertragen oder er fertigte eine Werkzeichnung im Maßstab 1:1 an, die er dann durch Pausen oder Durchdrücken auf den Stamm übertragen konnte.[6] Diese Übertragungsart auf den Holzblock beschränkt sich aber auf die Vorderansicht. Für dreiviertelrunde Figuren mußten die Linien von der Vorderansicht auf die Seiten frei weitergeführt werden. Auf der Rücksei-

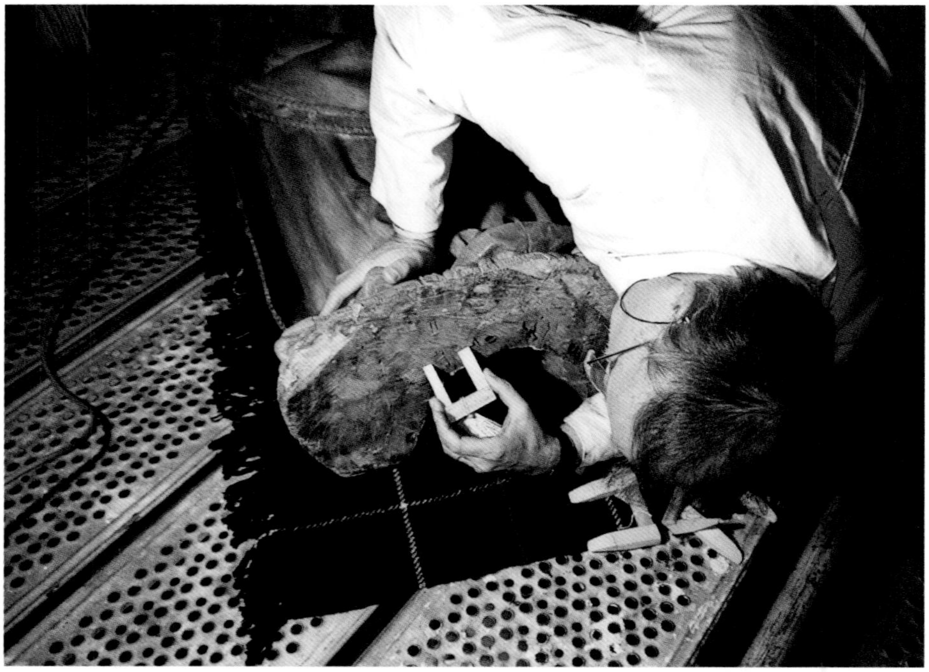

Überprüfung der Gabelspuren an der Standfläche der Marienfigur durch den Restaurator

[5] *Schnellbach, Plastik*, S. *18 f.*
[6] *Lichte/Westhoff, Mustergültig*, S. *184-194.*

Bildhauer bei der Arbeit, Detail eines Holzschnitts von Georg Pencz, 1531

te der Tiara und am Chormantelkragen der Gregorsbüste sind solche Reste einer zeichnerischen Vorlage zu erkennen. Diese mit einem Kohlestift ausgeführten Striche liegen auf den flächigen Stegen, die durch Ornamente gestaltet werden sollten, sie wurden auf der Rückseite jedoch nicht bis zu Ende ausgeführt.

Im Gegensatz zu heute arbeitete der mittelalterliche Bildhauer seine Figuren in liegendem Zustand heraus. Dazu wurden die Figuren an der Kopfkalotte und der Standfläche in eine Schnitzbank eingespannt (Abb. oben). In dieser Bank konnte der Block vom Bildhauer nach Bedarf gelöst, gedreht und wieder arretiert werden. Im Loch der Kopfkalotte steckte in den meisten Fällen ein Holzdübel, der für die Befestigung in der Bank nötig war. In den

Kopfkalotten der Muttergottes, der Apollonia und der Maria unter dem Kreuz im Gesprenge des Schnitzaltares steckte dagegen nicht wie üblich ein Dübel, sondern ein im Scheitel vertieft eingeschnittener, angespitzter Dorn. Diese auffällige Form konnte auch bei Figuren beobachtet werden, die dem Ulmer Bildhauer Daniel Mauch zugeschrieben werden.[7]

Die rechteckigen Löcher in der Standfläche der Figuren stammen von der unteren Einspannung in der Bank. Hier konnte eine zweizinkige Eisengabel mit einem inneren Zinkenabstand von 4,4 cm und einem äußeren von 6,4 cm nachgewiesen werden. Bei allen Figuren, die wir aus dem Schrein herausnehmen konnten, und bei den Figuren im oberen Gesprenge haben wir identische Gabelmaße gefunden. Die Standflächen der großen Figuren weisen diese Gabelspuren mehrfach auf; wahrscheinlich wurden sie während des Schnitzens ausgespannt und im Stehen auf ihre Proportionen hin überprüft (Abb. S. 90).

Ausgehöhlte Rückseite der Marienfigur, Corpus, Mittelfigur

Die identischen Einspannspuren sprechen mit großer Sicherheit dafür, daß alle Figuren in derselben Werkbank geschnitzt wurden.

Bei mikroskopischen Holzbestimmungen konnte bei Figuren und Reliefs Lindenholz nachgewiesen werden.[8]

Während die Schreinfiguren aus relativ frischem Holz geschnitzt wurden, benutzte der Bildhauer für die Reliefs dagegen abgelagertes Holz.

Damit das Holz während des Schnitzvorganges nicht reißt, wurde es so ausgewählt, daß sich der Kern möglichst außerhalb der Figur befand. Für die Muttergottes hat der Bildschnitzer eine Baumgabel (Verzwieselung) ausgesucht; nur wegen dieser großen Holzmasse mußte der Schnitzer seitlich kein Holz anstücken. Die beiden Holzkerne treten im Kopf und im Schulterbereich Mariens aus. Beim Stephanus wurde der Stamm so gewählt, daß eine starke Rindenverwachsung auf der Rückseite der rechten Schulter zu liegen kam. Bei dieser Figur ist die vordere Kopfhälfte angesetzt, auch an beiden Seiten sind mehrere Zentimeter breite Holzstücke mit Holzdübeln und Leim angesetzt worden. Die Mittelgruppe in der Predella besteht aus zwei Blöcken, die Ansatznaht verläuft mitten durch die Christusfigur. Die Ansatzflächen sind so sorgfältig geglättet, daß die Naht auch heute noch kaum wahrzunehmen

[7] *Meisterwerke Massenhaft, Nr. 63-64; ferner bei dem oberschwäbischen Petrus im WLM, Baum, Bildwerke, Nr. 132.*

[8] *Die Holzuntersuchungen führte freundlicherweise Frau Elisabeth Krebs, WLM, durch.*

ist, lediglich im Bereich des Kopfes und der Brust hat sich die Verleimung aufgrund der Ablaugung gelöst. Die Holzkerne der Blöcke liegen in beiden Schultern der Christusfigur.

Nachdem der Block in die Bank eingespannt wurde, konnte der Bildhauer mit der groben Ausarbeitung beginnen, indem er vom höchsten Punkt vorspringender Gewandteile in die Tiefe arbeitete. Ständig kontrollierte und verglich er seine Arbeit mit der Zeichnung, um nicht an der falschen Stelle zuviel Holzsubstanz abzuarbeiten.

Für die grobe Anlage der Figur kam ein breites Balleisen oder eine Axt zum Einsatz, die Spuren dieser Werkzeuge können in den Aushöhlungen der Bildwerke beobachtet werden. Bei dieser zügigen Arbeit wurde die Figur auf der Vorderseite nur grob angelegt, die Rückseite wurde ausgehöhlt (Abb. S. 92). Je dünner die Wandung einer Figur ist, desto geringer ist die Gefahr, daß das Holz während der Trocknung reißt. Bei mehreren Figuren wurde der Kopf zusätzlich ausgehöhlt. Die Gesprengefiguren wurden nach dem Aushöhlen mit einem geschnitzten Brett wieder verschlossen, um eine vollrunde Figur darzustellen.

Für die überlebensgroßen Figuren waren dicke Baumstämme erforderlich. Aus Zeitersparnis und zur Arbeitserleichterung schnitzte der mittelalterliche Bildhauer aus dem Holzblock hervorstehende Teile wie Hände, Kronen und Attribute normalerweise separat.

Bei den Schreinfiguren des Schnitzaltares ist dies jedoch nicht der Fall. Die stark ausladenden, weit hervorstehenden Hände, Bücher und Kopfbedeckungen, das Kind der Madonna: alle sind zusammenhängend mit der Figur aus dem jeweiligen Stamm geschnitten. Selbst bei den Gesprengefiguren sind die Details, wie zum Beispiel die Henkelkanne und das Brot der Elisabeth, beim Kruzifix sogar der links herabhängende Zipfel des Lendentuches, nicht angesetzt. Eine große räumliche Vorstellungskraft ist erforderlich, um Figuren in dieser Weise zu schaffen. Dieses Vorgehen spricht eher für einen gelernten Steinbildhauer, der seine Skulpturen nur mit allen zugehörigen Details aus einem Block meißeln und diese nicht später ansetzen kann, als für einen Bildschnitzer, für den Anstückungen in Holz kein Problem darstellen.

Nach der groben Anlage der Figur ging es an die Feinausarbeitung. Dabei kamen die üblichen Schnitzmesser wie Balleisen, Flacheisen, Bohrereisen und der Geißfuß zum Einsatz, Löcher wurden mit dem Löffelbohrer gebohrt. Trotz der stark beschädigten Holzoberfläche fällt deren ausgesprochen sorgfältige Glättung auf. Dadurch wurden sämtliche Schnitzspuren getilgt, die sichtbaren hauchzarten Riefelungen stammen wohl von einem Zieheisen und von feinen Raspeln, die zur Glättung der Oberfläche benutzt wurden. Schäden in der Oberfläche und Astverwachsungen wurden herausgeschnitten oder -gebohrt und durch sorgfältig eingepaßte Holzstückchen ersetzt.

**Laurentius,
Corpus, linke Figur**

Die Haare sind mit dem Geißfuß und nicht, wie in dieser Zeit üblich, mit einem Hohleisen geschnitten. Dadurch entstehen breite, kantige Stege, die durch scharfkantige Strähnen unterbrochen werden (Abb. oben), wobei sie teilweise mit starker Drehung unter- und übereinander verlaufen. Auffällig sind die scharf geschnittenen Augen, bei denen selbst die Augenpunkte in den Augenwinkeln ausgearbeitet sind. Dazu kontrastiert die weiche

Modellierung der Inkarnate, wobei besonders die Hautfalten der Finger sehr realistisch dargestellt werden. Die Kirchenväter Gregor und Hieronymus (Abb. unten) in der Predella werden mit Falten um Augen und Münder als alte Männer charakterisiert.

Je höher die Figuren im Schnitzaltar stehen, desto weniger detailliert sind sie ausgearbeitet. Schnitzerische Feinheiten wie auf den Reliefs sind im Gesprenge nicht wahrzunehmen. Bei den Gesprengefiguren gibt es keine geschnitzten Fingernägel, Hautfalten oder Gewandsäume, auch fehlt hier jegliche Form von Applikationen. Eine Ausnahme bildet nur die Maria Magdalena, die mit konturierten Fingernägeln und realistisch ausgearbeitetem Zopf unter dem Kreuz kniet. Beim Gekreuzigten sind Hautfalten und Adern schnitzerisch angelegt.

Hieronymus, Predella, linkes Fach, rechte Büste

Die große Meisterschaft des Bildschnitzers zeigt sich bei der Gestaltung der Gewandsäume und des Kopfschmucks der Geistlichen, der Mitra und der Tiara. Hier wurden mit feinsten Punzen Oberflächenstrukturen erzeugt, die realistisch Textilien der unterschiedlichsten Techniken nachahmen sollten.[9] Besonders schön sind die plastischen Darstellungen auf den Mitren bei den Reliefs der Verkündigung (Abb. S. 96 oben) und der Sebastiansfolter (Abb. S. 96 unten), wo mit figürlichen Plastiken Seidenstickerei nachgeahmt wird. Der Hintergrund der kleinen Szenen wird auch hier mit 0,4 cm großen Rundpunzen bereichert. Dadurch sollte wohl der Eindruck einer Paillettenstickerei erweckt werden.[10] Diese Punzenform und ca. 0,35 cm große ovale Punzen kommen auch an diversen anderen Saumverzierungen vor.

Die gestickten Besätze des Chormantels der Gregorsbüste in der Predella hat der Bildschnitzer realistisch ins Holz umgesetzt. Im Mantelsaum sind übereinander Johannes d. T. und Andreas dargestellt. Beide stehen jeweils auf einem Podest und sind von einem Baldachin mit Maßwerkabschluß überragt. Seitlich werden sie von einer geschnitzten Kordel eingerahmt. Kostbare Perlenstickereien, wie sie auf den Säumen zu beobachten sind, werden in der Schnitzerei mit gleichmäßig runden, kleinen und großen Holzperlen dargestellt.[11]

[9] *Für freundliche Hinweise danke ich Herrn Dr. Rainer Y und Frau Bettina Beisenkötter.*
[10] *Deckel einer Hostienbüchse: Agnus Dei, Süddeutschland, um 1450-70, mit Paillettenstickerei: Schuette/Müller-Christensen, Stickereiwerk, Abb. 249.*
[11] *Vgl. einen Chormantelschild, Reliefstickerei mit Perlen, Österreich (Wien) um 1500: Wilckens, Künste, Abb. 286.*

Verkündigung an Maria,
Detail der Bischofsmitra des Kilian,
Corpus, zweite Figur von rechts

Sebastiansfolter,
Detail der Bischofsmitra des Augustinus,
Predella, rechtes Fach,
rechte Büste

Beim Besatz des Amikts links und rechts vom Kragen des Sebastian könnte es sich um eine rautenförmige Anordnung von Flußperlen oder auch um eine erhabene Metallstickerei handeln. Die zahlreichen Saumapplikationen, die kostbaren Steinbesatz imitieren sollten, sind heute leider weitgehend verloren.

III. Material und Ausarbeitung der Reliefs

Jedes Relief wurde aus fünf bis sieben Bohlen zusammengeleimt, lediglich das Relief mit der Geburt Christi besteht aus zehn Bohlen, deren Breite zwischen 10 und 40 cm variiert. Nach der Verleimung ergaben sich so die rechteckigen Reliefbilder. Die Bohlen bestehen fast ausnahmslos aus sorgfältig ausgesuchtem Holz; nur an wenigen Stellen finden sich Astlöcher oder Verwachsungen. Um während des Trocknens keine Verwerfungen entstehen zu lassen, wurden die Bohlen in einem Holzlager zur Trocknung aufgeschichtet. Beim Zusammenkleben der einzelnen Bohlen wurde darauf geachtet, daß möglichst Bohlen mit stehenden, also senkrecht zur Brettoberfläche angeordneten Jahrringen verwendet wurden. Infolgedessen haben sich die Reliefs auch nach 500 Jahren kaum verworfen.

Damit das Holz bei Klimaschwankungen an den Ansatznähten der Bohlen mit unterschiedlichem Jahrringverlauf arbeiten kann und sich dabei eventuell löst, wurden zusätzlich zur Leimung Schlitze in Brettstärke ins Holz geschnitten, um darin Brettchen einzulassen. Diese Brettchen sind oben am Reliefrand sichtbar; sie ragen seitlich mehrere Zentimeter ins nächste Brett und halten somit die Ansatznähte zusammen.

Auch bei den Reliefs wurden einzelne Holzschäden sowie angeschnittene Äste herausgeschnitten oder -gebohrt und durch eingepaßte Brettchen oder Holzdübel ersetzt. Im Zuge unserer Untersuchungen konnten die Reliefs nicht von den Flügeln abgenommen werden, so daß leider weder die Rückseiten noch die Einspannvorrichtungen untersucht werden konnten. Wir gehen aber davon aus, daß wie üblich auch hier die Bohlen auf der Rückseite mit einem Schrupphobel auf eine gleichmäßige Stärke gedünnt wurden.[12]

Ungewöhnliche Details wie das halbe Speichenrad mit Nabe im Dach des Stalls von Bethlehem, das wohl eine Dachgaube (Abb. S. 98) des Stalles darstellen soll, der schreiende Esel, der den Kopf in den Nacken wirft, selbst die Verzapfung der Fachwerkkonstruktion gehen wohl auf einen Stich von Meister E.S. mit der Darstellung der Geburt Christi zurück. Einzelne, aber auch mehrere solcher Stichvorlagen konnten für das zu schnitzende Relief in einem Arbeitsaufriß gezeichnet bzw. kombiniert werden. Die Umrißzeichnung konnte der Bildhauer

[12] *Daraufhin konnte auf der Vorderseite die Zeichnung angebracht werden. Vgl. Hans Westhoff (Mit archivalischen Beiträgen von Gerhard Weilandt), Vom Baumstamm zum Bildwerk. In: Meisterwerke Massenhaft, S. 245-264.*

Geburt Christi, Detail Dach, Corpus, linker Flügel, oberes Relief

dann im Maßstab 1:1 auf das Holz übertragen.[13] Nach Vollendung der Umrißzeichnung arbeitete der Bildschnitzer am Relief – wie auch an der Figur – von der größten Stärke der Bohle in die Tiefe, wobei er seine Arbeit immer wieder mit der Zeichnung vergleichen mußte. Das große Können des Bildschnitzers vom Heilbronner Schnitzaltar wird an der ausgezeichneten Holzauswahl, der Liebe zu Details und der sorgfältigen Oberflächenglättung besonders bei Gewanddrapierungen sichtbar.

Bei den Reliefs begegnen wir derselben Haarbehandlung wie bei den Figuren. Identisch sind auch Details wie die Ausarbeitung der Fingernägel, Augenpunkte und die Modellierung der Hautfalten. Besonders aufregend erscheint die Virtuosität, mit der der Bildhauer versucht hat, realistische Details schnitzerisch umzusetzen. Auf dem Pfingstrelief wird bei der Hand des Petrus mit geschnitzten Runzeln und Hautfalten die altersschwache Haut eines alten Mannes dargestellt (Abb. S. 101). Das Buch, auf dem seine Hand liegt, ist mit einem geprägten Ledereinband versehen, bei dem man das weiche Leder zu spüren scheint. Beim Stall von Bethlehem mit seiner Fachwerkverzapfung sieht man sogar angeschnittene Balken mit angedeuteten Jahresringen, und das mit einem Geißfuß geschnittene Strohdach wirkt natürlich. Beim Auferstehungsrelief ist es die von einer Mauer umgebene Stadt, bei der die Maßwerkfenster und der Dreiecksgiebel mit einem feinen, nur 1 bis 2 mm dicken Bohrer

Pfingsten, Detail, Corpus, linker Flügel, unteres Relief

[13] *Kohlestriche von solchen Zeichnungen können, da sie vom Bildhauer bei der Ausarbeitung abgeschnitzt werden müssen, nur ab und zu auf den Rückseiten von Figuren, Reliefs und Schleierbrettern beobachtet werden. Am Heilbronner Hochaltar sind solche Kohlestriche noch auf der Rückseite des Gregor zu sehen.*

bearbeitet wurden. Hier gibt es auch ein Fenster, aus dem ein Mann mit Hut schaut, der nicht mehr als 2 mm mißt (Abb. S. 103). Auf dem Relief des Marientodes sind die freihängenden geschnitzten Ketten des Weihrauchfasses leider nicht mehr erhalten, jedoch sprechen erhaltene Reste für eine ursprünglich realistisch dargestellte Gliederkette. Die Vierpaßkreise des Deckels vom Weihrauchfaß sind durchbrochen und wurden mit einem Bohrereisen ausgeschnitten. Unglaublich viel Arbeit steckt auch im realistisch geschnitzten Kettenhemd auf dem Relief der Auferstehung Christi. Im Unterschied zu den Schreinfiguren wurden bei den Flügelreliefs die Gewandsäume schnitzerisch nicht abgesetzt oder mit Punzen verziert. Der Bildhauer hat hier die Detailarbeit vielmehr auf die Inkarnate und die Hintergründe verlegt.

IV. Oberflächengestaltung

Bei unseren Untersuchungen konnten wir feststellen, daß Figuren und Reliefs ursprünglich weder bemalt noch vergoldet waren. Der Verzicht auf eine Farbfassung wurde durch die sorgfältige Oberflächenglättung und die feine Ausarbeitung bis ins kleinste Detail möglich (Abb. S. 103). Eine so feine Schnitzerei wäre unter einer Fassung nicht erforderlich gewesen.

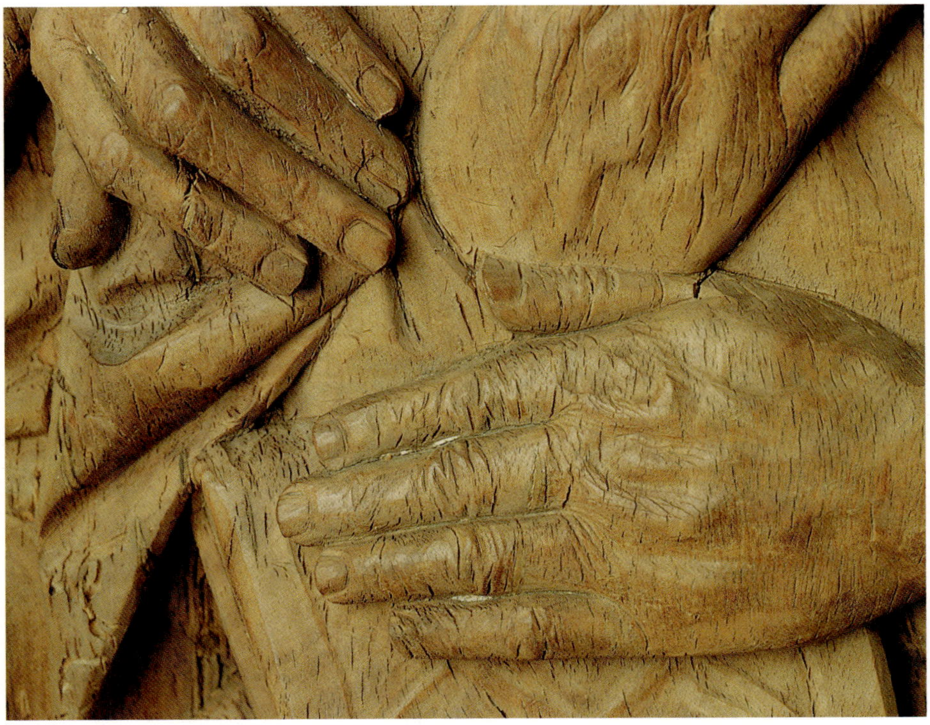

Marientod,
Detail,
Corpus, rechter Flügel,
unteres Relief

Pfingsten,
Detail Hände des Petrus,
Corpus, linker Flügel,
unteres Relief

Auch die verschiedenen Strukturierungen mittels Punzen und Kerben auf den Gewandsäumen und den Reliefhintergründen, die unterschiedliche Lichtbrechungen bewirken, sprechen für den Verzicht auf eine farbige Fassung (Abb. S. 102). Der Bildschnitzer konnte die verschiedenen Gewandteile durch raffinierte Oberflächenstrukturen optisch voneinander absetzen, so daß eine farbliche Gestaltung nicht notwendig wurde. Auch die separat geschnitzten und dann eingesetzten Brustwarzen und der sie umgebende braun bemalte Hof bei der Christusbüste in der Predella sprechen für die Holzsichtigkeit von Anfang an.

Auferstehung Christi, Detail Stadtansicht, Corpus, rechter Flügel, oberes Relief

Diese nur in wenigen Details bemalte Oberfläche bezeichnen wir als holzsichtig. Bei einigen anderen Retabeln, die in den letzten Jahren untersucht wurden, konnten ähnliche Beobachtungen wie am Schnitzaltar gemacht werden. Durch diese Beobachtungen wurde in Fachkreisen eine Diskussion über die Holzsichtigkeit ausgelöst.[14] Als erstes holzsichtiges Retabel galt lange Zeit Tilman Riemenschneiders *›Münnerstädter Altar‹* von 1490–92. Eike Oellermann stellte dann als älteres Beispiel den Hochaltar in St. Martin zu Lorch am Rhein von 1483 vor.[15] Inzwischen darf das im Bildersturm von 1531 zerstörte Hochaltarretabel des Ulmer Münsters, 1474 bei Jörg Syrlin als Schreiner und Michel Erhart als Bildschnitzer in Auftrag gegeben, als ein Werk gelten, das noch vor Lorch – über 20 Jahre lang ungefaßt geblieben war. Die Schreinfiguren waren 1479, das Schreingehäuse 1481 abgerechnet worden und sicher auch bereits im Chor aufgestellt, aber die Vollendung stockte. 1499 wurde Michel Erhart an die Lieferung der Predellenbüsten erinnert, die er schließlich 1503 ablieferte. Erst im folgenden Jahr wurden dann die Geldmittel zur Verfügung gestellt, um *»die grossen tafeln auf dem fronaltar ze vassen und ze wenden«*. Mindestens von 1481 bis 1504 waren also die Schreinfiguren des Ulmer Hochaltars nicht gefaßt und besaß dieser keine Flügel.[16] Der nicht gefaßte Hochaltar der größten und bedeutendsten schwäbischen Stadt konnte so für manches jüngere Retabel, wie zum Beispiel den Schnitzaltar in Heilbronn, zum Vorbild geworden sein.[17]

Margareta von Antiochien, Corpus, Baldachin- und Tabernakelzone, zweite Figur von rechts

Die originalen Feinheiten der geschnitzten Oberfläche und der partiellen Bemalung sind durch die radikale Ablaugung nur noch fragmentarisch erhalten. Eine ursprüngliche

[14] *Rosenfeld, Retabelskulptur, passim; Meisterwerke Massenhaft, S. 135-151.*
[15] *Oellermann, Lorch, S. 9-22.*
[16] *Weilandt, Neufund, S. 51-60.*
[17] *Meurer, Retabel, S. 13-16.*

Leimung der Holzoberfläche, wie sie bei vergleichbaren Objekten aus dieser Zeit beobachtet werden kann, konnte bedingt durch die lange Wässerung nicht mehr gefunden werden. Die heute sichtbare Teilfassung der Augen und Lippen wurde bei der Neuaufstellung des Altars durch Restauratoren aufgetragen. Originale Farbreste ohne Grundierung sind selten: an der oberen Augenkontur dunkelbraun, an der unteren rot. Die dunkelgraue Iris mit schwarzer Pupille wird zuweilen vom weißen Augapfel gerahmt. Im Augenwinkel ist noch an einigen Figuren der geschnitzte Punkt rot bemalt. Die Wimpern sind mit aufgemalten feinen Strichen angedeutet, die Augenbrauen werden mit kleinen nebeneinanderliegenden, breiten Strichen in leichtem Bogen gestaltet. Das Rot der Lippen und das Weiß der Zähne ist nur noch in schnitzerischen Tiefen vorhanden. Es kann nicht mehr festgestellt werden, inwieweit die blaue Lasur auf den geschnitzten Adern und die rote Farbe der Wundmale Christi original sind. Ebensowenig läßt sich klären, ob das Rot der Kirchendächer in der Hand des Wolfgang aus der Entstehungszeit stammt.

Papst Gregor der Große, Detail Saum, Predella, linkes Fach, linke Büste

Wahrscheinlich bereits vor dem radikalen Ablaugungsprozeß müssen die realistisch geschnitzten Steinapplikationen am Saum des Stephanus abgenommen worden sein. Dadurch haben sich bei ihnen noch der ursprüngliche Holzfarbton und Reste der originalen Bemalung erhalten. Der viereckige Stein war azuritblau und von einer wahrscheinlich vergoldeten Rosette gefaßt, an die sich außen vier weitere runde Einfassungen mit zinnoberroten ebenfalls viereckigen Steinimitationen anschlossen (Abb. S. 104). Auf dieser Bemalung liegen dann Reste der Bleiweißfassung des 18. Jahrhunderts.

Diese Feinheiten der geschnitzten Holzoberfläche würden durch eine Fassung mit Grundierung verlorengehen. Die kostspielige Oberflächengestaltung war mit Sicherheit zwischen Auftraggeber und -nehmer vereinbart (Abb. S. 105).

Stephanus, Detail Saum, Corpus, rechte Figur

Der Hochaltar mit einem Theile des Chors

Christhard Schrenk

Die Odyssee des Kilian

Als im Jahre 1498 Hans Seyfer (Syfer)[1] seinen Schnitzaltar für die Heilbronner Kilianskirche vollendet hatte, konnte niemand ahnen, welch lange und wechselvolle Geschichte diesem Meisterwerk bevorstehen sollte. Allerdings existieren über den größten Teil der nunmehr vergangenen 500 Jahre nur sehr wenige Informationen. Lange Zeit war sogar in Vergessenheit geraten, wessen Hand das Werk geschaffen hatte. Im 17. und 18. Jahrhundert wurde der Schnitzaltar von keinem der Heilbronner Chronisten in deren ›Reiseführern‹ oder sonstigen Veröffentlichungen auch nur erwähnt.[2] Gegen Ende des 18. Jahrhunderts drohte der Altar ein *»Raub der Würmer«*[3] zu werden. Um dies abzuwenden, wurden damals die Figuren gereinigt und mit Bleiweiß sowie Lackfirnis gestrichen.[4]

Die älteste erhalten gebliebene bildliche Darstellung des Altars ist eine Lithographie von Fritz Wolff aus dem Jahre 1833 (Abb. S. 106).[5] Sie zeigt, daß damals die Flügel abgenommen waren. Man hatte die dortigen Reliefs vom Untergrund gelöst und auf beiden Seiten des Schnitzaltars unterhalb der Chorfenster an der Wand angebracht. In der Mitte des 19. Jahrhunderts wurde die künstlerische Qualität des Schnitzaltars langsam wieder entdeckt. Die Existenz der Darstellung von 1833 ist ein Anzeichen dafür. 1845 wird erstmals in der Literatur vom künstlerischen Standpunkt aus bedauert, daß die Flügel entfernt worden waren und der Altar einen Bleiweißanstrich erhalten hatte.[6] 1859 ist von einem *»kunstreich geschnitzten Hochaltar«*[7] die Rede. 1863 wird bereits von einem der *»herrlichsten Werke deutscher Kunst«*[8] gesprochen, 1889 sogar von einem *»Meisterwerk ersten Ranges«*,[9] 1895 schließlich wird der Hochaltar als *»das herrlichste und berühmteste Kunstwerk der ganzen Kirche«*[10] gerühmt.

Aus dem Jahre 1895 stammt auch eine weitere Ansicht des Schnitzaltars (Abb. S. 108). Hier befinden sich die beiden Altarflügel an ihrem angestammten Platz. Sie sind dort wohl in den 1880er Jahren[11] wieder angebracht worden[12]. Dabei ist den Verantwortlichen jedoch ein Fehler unterlaufen. Man hat die beiden größeren Reliefplatten jeweils nach unten genommen, was jedoch sowohl dem Achsenverlauf als auch dem Inhalt der Darstellung widerspricht.[13] Dies wurde 1903/04 korrigiert.[14]

Der Altar im Jahre 1833. Die Flügel sind abgenommen. Lithographie von Fritz Wolff, abgebildet bei Heinrich Titot

[1] *Entgegen dem Trend in der neueren Forschung wird hier die in Heilbronn ausschließlich gebräuchliche Schreibweise »Seyfer« verwendet.*
[2] *Dürr, Chronik I, S. 80.*
[3] *Titot, Hauptkirche, S. 11.*
[4] *Titot, Hauptkirche, S. 11.*
[5] *Titot, Hauptkirche.*
[6] *Waagen, Kunstwerke, S. 240.*
[7] *Kuttler, Umgebungen, S. 25.*
[8] *Lübke, Plastik (1. Aufl.), S. 536.*
[9] *Paulus, Kunst- und Altertumsdenkmale, S. 249.*
[10] *Staehle, Kilians-Kirche, S. 19.*
[11] *Kuttler, Umgebungen, S. 26; Lübke, Plastik (3. Aufl.) S. 694; Paulus, Kunst- und Altertumsdenkmale, S. 249.*
[12] *Die (damals) neuen Rahmen stammen offensichtlich aus dem 19. Jh. (Zimmermann, Seyfer, S. 37, Anm. 8).*
[13] *Vgl. Abb. 2.*
[14] *In der Oberamtsbeschreibung von 1903 ist noch die alte, bei Ruck (Ruck, Führer, S. 78) ist die neue Anordnung beschrieben.*

Natürlich fragte man sich seit der ›Wiederentdeckung‹ des Schnitzaltars, welcher Meister das Werk geschaffen hatte bzw. wann es vollendet worden war. Die Datierung stellte kein Problem dar, denn die Jahreszahl 1498 ist auf dem rechten Flügel[15] deutlich zu erkennen. Die Frage des Künstlers gab wesentlich mehr Anlaß zu Diskussionen. Vor 1865 brachte Karl v. Heideloff *»Tilman Riemenschneider und seine Schüler«* ins Spiel.[16] Die Urheberschaft Riemenschneiders wurde aber bald bestritten.[17] Anfang des 20. Jahrhunderts wurde Hans Seyfer als Künstler genannt.[18] Ab etwa 1925 galt es aufgrund stilistischer Vergleiche als sicher, daß Seyfer als Meister des Heilbronner Schnitzaltars anzusehen ist.[19] Während Restaurierungsarbeiten vier Jahrzehnte später fand sich auf der Rückseite des Marientod-Reliefs eine Rötelsignatur, die als *»Seyfer H.«* interpretiert wurde. Später stellte sich jedoch heraus, daß dieser Schriftzug als *»Lenhart h«* gelesen werden muß[20] und wohl erst aus der Zeit von 1550 bis 1700 stammt.[21] Die Urheberschaft Hans Seyfers am Schnitzaltar wird jedoch gleichwohl nicht angezweifelt.

Der Altar im Jahre 1895, Fotomontage. Die Flügel sind wieder montiert, allerdings mit vertauschten Reliefplatten.

In verschiedenen Einzelheiten bzw. in mehr oder weniger großem Umfang ist der Altar im Laufe der Jahrhunderte immer wieder verändert worden. Vom Bleiweißanstrich und vom Schicksal der Flügel war bereits die Rede. Auch Figuren wurden umgestaltet und z. T. sogar getauscht. Rechts von Maria stand 1833 Kilian – ohne Schwert und mit abgebrochenem Bischofsstab –, links von ihr Petrus. Ganz rechts befand sich Laurentius – mit abgebrochenem Bratrost (Abb. S. 109). Bis 1893 – eventuell mit der Wiederanbringung der Flügel – hat sich auch Laurentius verändert. Ihm wurde ein Palmzweig beigegeben.

[15] *Grabplatte des Auferstehungsreliefs.*
[16] *Beschreibung*, S. 169.
[17] *Staehle, Kilians-Kirche*, S. 21.
[18] *Rauch, Seyfer*, S. 504.
[19] *Baum, Plastik*, S. 19.
[20] *Zimmermann, Seyfer*, S. 41, Anm. 10.
[21] *Tripps, Syfer*, S. 123.

Die fünf Hauptfiguren des Corpus, Ausschnitt der Lithographie von Fritz Wolff 1833 (vgl. S. 106)

Seit 1968 (Abb. S. 110) begegnet uns Laurentius mit Bratrost statt mit Palmzweig. Außerdem haben Petrus und Kilian die Plätze getauscht. Darüber hinaus wurde Kilian mit einem Schwert nach oben und mit einem Bischofsstab ausgestattet, der bis zum Tragstein hinunterreicht. Die leere Nische über Maria wurde durch zwei Äste des Baldachins kaschiert.[22]

Eine ›Odyssee‹ kann man all diese Veränderungen jedoch nicht nennen. Diese Odyssee begann mit dem Ausbruch des Zweiten Weltkriegs im Jahre 1939. Wenige Tage nach Kriegsbeginn beschäftigte sich der Verwaltungsausschuß der Evangelischen Gesamtkirchengemeinde Heilbronn mit dem Schutz des Schnitzaltars der Kilianskirche gegen Luftgefahr. Zuvor waren diesbezüglich Gespräche mit Dr. Richard Schmidt vom Landesamt für Denkmalpflege in Stuttgart geführt worden. Dabei wurde beschlossen, die Figuren des Schnitzaltars zu entfernen, in Kisten zu verpacken und an einen sicheren Ort zu bringen. Der Rest des Schnitzaltars sowie das Sakramentshäuschen und der Levitensitz[23] sollten mit Sperrholz verwahrt werden. Außerdem sollten künstlerisch wertvolle Teile der Glasfenster wegtransportiert werden. Mit der Durchführung dieser Maßnahmen wurde der Kunsthändler Ernst Dauer beauftragt.[24] Die Altarfiguren ließ Dekan D. Dr. Julius Rauscher im Untergeschoß der Heilbronner Friedenskirche[25] deponieren.[26]

Am 19. Mai 1942 wies der Stuttgarter Oberkirchenrat Dr. Gerhard Schauffler das Evangelische Dekanat Heilbronn an, den Schnitzaltar der Kilianskirche an einen sicheren Platz wegzubringen. Da das Neckarland zwischen Stuttgart und Heilbronn als besonders gefährdet galt, hatte sich Dr. Schauffler in Abstimmung mit Landeskonservator Dr. Schmidt aufgrund

[22] *Tripps, Syfer, S. 119.*
[23] *Gemeint ist wohl die Sitznische der Geistlichkeit, die Sedilien-Nische (vgl. dazu Bechstein, Kilianskirche, S. 90).*
[24] *Beilage zum Schreiben der Evangelischen Kirchenpflege Heilbronn vom 13. Mai 1996 an den Verfasser.*
[25] *Um 1900 hatte dort bereits das Stadtarchiv Heilbronn ein Aktendepot unterhalten (Weckbach, Stadtarchiv, S. 83 – 84).*
[26] *LKA Stuttgart, Altregistratur Ortsakten Kirchengemeinde Heilbronn 173.*

AMTSBLATT

FÜR DEN STADT- UND LANDKREIS HEILBRONN 2 Y 1298 B

Herausgeber: Der Oberbürgermeister der Stadt Heilbronn und der Landrat des Landkreises Heilbronn. Verantwortlich für die Redaktion: W. Hartmann. Geschäftsstelle und Vertrieb: Bürgermeisteramt Heilbronn, Rathaus, Fernsprecher Nr. 88 11. Einzelverkauf —,30 DM. Vierteljahresabonnement bei Zustellung durch die Post 3,90 DM einschließlich Zustellgebühr. Druck: Vereinsdruckerei Heilbronn G. m. b. H.

Nr. 48 Donnerstag, 28. November 1968 24. Jahrgang

Gedenkstunde am 4. Dezember 1968

Am 4. Dezember 1968 jährt sich zum 24. Male der Tag der Zerstörung unserer Stadt. Am Nachmittag des 4. Dezember 1968, um 15.00 Uhr, findet deshalb, wie in den vergangenen Jahren, eine Gedenkfeier im Ehrenfriedhof statt.

Programm

1. **Eine halbe Stunde vor Beginn spielt der Bläserchor des Evangelischen Jungmännerwerkes**
2. **Chorlied „Es ruhen die Toten" von Robert Edler**
3. **Es spricht Herr Oberbürgermeister Dr. Hoffmann**
4. **Chorlied „Heilig, Heilig" von Franz Schubert**
5. **Es spricht Herr Dekan Dr. Siegel**
6. **Chorlied „Miserere mei" von Orlando di Lasso**
7. **Schlußgebet, gesprochen von Herrn Stadtpfarrer Baumgärtner von der Kath. Kirchengemeinde St. Peter und Paul**
8. **Gemeinsam wird folgende Strophe des Liedes „Macht hoch die Tür" gesungen:**

O wohl dem Land, o wohl der Stadt,
so diesen König bei sich hat!
Wohl allen Herzen insgemein,
da dieser König ziehet ein!
Er ist die rechte Freudensonn,
bringt mit sich lauter Freud und Wonn.
Gelobet sei mein Gott,
mein Tröster früh und spat.

Die Chorlieder Ziffer 2, 4 und 6 werden vom Männergesangverein „Urbanus" unter Leitung von Musikdirektor Edler gesungen.

Zu Beginn der Feierstunde von 15.00 Uhr bis 15.05 Uhr wird die alte Feuerglocke von St. Kilian geläutet. Anschließend sowie abends ab 19.20 Uhr werden die Glokken aller Heilbronner Kirchen 10 Minuten lang geläutet werden. Am Abend des 4. Dezember wird der Bläserchor des Evangelischen Jungmännerwerkes wieder vom Kiliansturm aus Choräle vortragen.

Auf der oberen Plattform beim Kreuz im Ehrenfriedhof sind Bänke zum Sitzen aufgestellt. Die Bevölkerung und die Behörden im Stadtkreis Heilbronn werden gebeten, am 4. Dezember halbmast zu flaggen.

Wie die US-Army mitteilt, findet zum Gedenken der Opfer des 4. Dezember 1944 in der amerikanischen Kapelle der Wharton-Barracks an der Charlottenstraße am 3. Dezember 1968 um 11.00 Uhr eine Gedenkmesse und Andacht statt. Der amerikanische katholische Armeepfarrer, Albert G. Drew, wird die Andacht halten. Es singt der Chor des Robert-Mayer-Gymnasiums.

Der Singkranz Heilbronn führt am Abend des 4. Dezember 1968, Beginn 20.00 Uhr, in der Kilianskirche das Oratorium „Die Schöpfung" von Josef Haydn auf.

Zu diesen Veranstaltungen ist die Bevölkerung herzlichst eingeladen.

Redaktionsschluß für das Amtsblatt ist Dienstag, 11.30 Uhr. Bitte beachten!

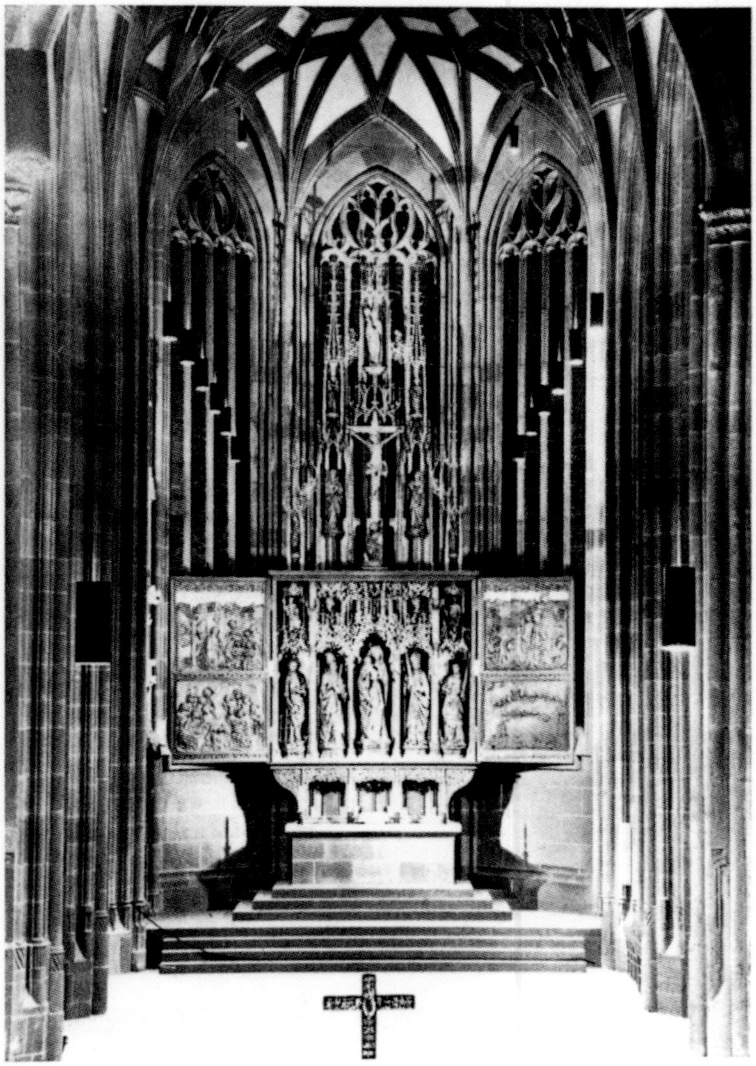

Heilbronns wertvollstes Kunstwerk wieder an seinem angestammten Platz

Der berühmte Hochaltar des Heilbronner Meisters Hans Seyffer, das kostbarste Kunstwerk Heilbronns und des ganzen Unterlandes, hat nach siebenjähriger Restaurationszeit in Ulm und Huttlingen wieder seine Aufstellung im Chor der Kilianskirche gefunden. In einem feierlichen Festgottesdienst am kommenden Sonntag, dem 1. Advent, soll er der Gemeinde und der Öffentlichkeit zurückgegeben werden. Die Festansprache wird Dekan Dr. Siegel halten. Anschließend wird Hauptkonservator Graf Adelmann, der entscheidenden Anteil an der Restaurierung gehabt hat, eine Einführung in das Verständnis dieses hohen Kunstwerkes geben. — Unsere Aufnahme zeigt den 18 Meter hohen Lindenholzaltar mit seinen herrlichen Figuren — die Figuren in der Predella befanden sich im Zeitpunkt der Aufnahme allerdings noch nicht an ihrem Platz — das schöne handgemalte Kreuz des Zwischenaltars und einen Teil des wiederhergestellten gotischen Netzgewölbes. Vor nunmehr drei Jahren — ebenfalls am 1. Advent — war der schöne helle Chor mit dem Netzgewölbe in Anwesenheit des Landesbischofs feierlich eingeweiht worden. Während des Zweiten Weltkrieges waren die Figuren des Hochaltars im Salzbergwerk Kochendorf eingelagert, später waren sie, bis zur Restaurierung durch den Restaurator Hammer und der Neuschnitzung des Gesprenges durch den Holzbildhauer Wolfsteiner, in der Martin-Luther-Kirche zu Heilbronn aufgestellt. (Auto Schaffler)

der damals aktuellen Luftkriegserfahrungen in Rostock und Lübeck zum Erteilen dieser Anweisung entschlossen. Empfohlen wurde das Verbringen in eine möglichst abseits gelegene Dorfkirche.[27] Die bereits 1939 getroffenen Luftschutzmaßnahmen erachtete das Landesamt für Denkmalpflege nun nicht mehr als ausreichend. Auf Anordnung von Dr. Schmidt mußten die Holzverwahrungen wieder entfernt, die Seitenflügel des Schnitzaltars abmontiert, die restlichen Figuren herausgenommen, das Sakramentshäuschen und der Levitensitz mit Backsteinen ummauert und die beiden seitlichen Schnitzaltarflügel im Vorraum der Kirche unter dem Hauptturm durch eine Backsteinmauer gesichert werden.[28] Der Schrein und das Gesprenge des Altars wurden schachtartig ummauert – jedoch ohne Abdeckung nach oben. Sämtliche Figuren des Schnitzaltars wurden in fünf große, fünf mittlere und acht kleine Kisten verpackt. Die fünf Hauptfiguren befanden sich jeweils in einer der großen, die fünf aus der Predella in den mittelgroßen Kisten. Alle anderen Figuren des Gesprenges waren zusammen in den kleineren untergebracht.[29] Diese Kisten wurden gemeinsam mit einigen Gemälden und Glasfenstern wohl Anfang 1943 in die Saline Kochendorf[30] überführt und dort zusammen mit vielen anderen Kulturgütern bombensicher eingelagert. Die Aufwendungen für alle diese Maßnahmen beliefen sich auf über RM 7850,–.

Am 10. September 1944 wurde die Kilianskirche bei einem größeren amerikanischen Luftangriff schwer beschädigt und insbesondere das Chordach zerstört.[31] Ein Einzelflieger verursachte am 12. Oktober z. B. am Gesprenge des Schnitzaltars starke Schäden.[32/33] Das Gotteshaus wurde schließlich am 4. Dezember 1944 weitgehend zerstört, als bei einem englischen Großangriff Heilbronn insgesamt in Schutt und Asche sank.

Nach dem Zweiten Weltkrieg – im Dezember 1945 – warf Kirchenrat Georg Kopp die Frage auf, wo die ins Kochendorfer Salzbergwerk geflüchteten Figuren des Schnitzaltars angesichts der Zerstörung der Kirche hingebracht werden sollten.[34] Er bot dem Heilbronner Dekan Dr. Rauscher u. a. Schwäbisch Hall an. Der Dekan entschied sich im Februar 1946 aber für Öhringen, weil in der dortigen Stiftskirche eine *»verschlossene Kapelle«* zur Aufbewahrung bereitstand.[35] Gemeint war damit die Adelheid-Krypta.[36] Ebenfalls im Februar 1946 konnten bei der Heilbronner Ausstellung *»Süddeutsche Kunst der Gotik«* die drei Mittelfiguren des Schreins des Schnitzaltars bewundert werden.[37]

Das Heilbronner Amtsblatt berichtet am 28. November 1968 über die Wiederaufstellung des Altars.

Im Mai 1946 lagerten die Amerikaner die restlichen Figuren des Schnitzaltars aus dem Kochendorfer Bergwerk aus. Sie wurden auf unbestimmte Zeit – solange die Kilianskirche zerstört war – gemäß der Entscheidung des Dekans in die Stiftskirche nach Öhringen

[27] *LKA Stuttgart, Altregistratur Ortsakten Kirchengemeinde Heilbronn /54.*
[28] *LKA Stuttgart, Altregistratur Ortsakten Kirchengemeinde Heilbronn /73. Daß die beiden Altarflügel, geschützt durch eine Backsteinummauerung in der Erdgeschoßhalle des Hauptturmes der Kirche, den Zweiten Weltkrieg ohne Schaden überstanden haben, bestätigt auch ein Bericht in der Heilbronner Stimme vom 1. Juni 1946 (S. 5).*
[29] *LKA Stuttgart, Altregistratur Ortsakten Kirchengemeinde Heilbronn /271 A /2.*
[30] *LKA Stuttgart, Altregistratur Ortsakten Kirchengemeinde Heilbronn /73.*
[31] *LKA Stuttgart, Altregistratur Ortsakten Kirchengemeinde Heilbronn /79.*
[32] *Die Glasmalereien waren fast restlos zerstört worden.*
[33] *LKA Stuttgart, Altregistratur Ortsakten Kirchengemeinde Heilbronn /82.*
[34] *LKA Stuttgart, Altregistratur 437/119/2.*
[35] *LKA Stuttgart, Altregistratur 437/119.*
[36] *Freundliche telefonische Mitteilung von Pfarrer Hans Dieter Bechstein (Heilbronn) vom 2. August 1995.*
[37] *Stadtarchiv Heilbronn, ZS Sch 1501: Verzeichnis der ausgestellten Werke bei der ersten Ausstellung »Geretteter deutscher Kunstbesitz« (2. bis 4. Februar 1946) in Heilbronn.*

Figuren und Seitenflügel des Schnitzaltars von Hans Seyfer, vor 1960 in der Martin-Luther-Kirche, Heilbronn

gebracht[38] und dort in den Kisten belassen.[39] Fast zwei Jahre später, am 4. März 1948, faßten Oberkirchenrat Kopp und Hauptkonservator Dr. Schmidt anläßlich eines Ortstermins in Öhringen[40] den Beschluß, daß die Kisten bald zu öffnen und die Figuren auf ihren Zustand zu untersuchen seien. Den beiden Männern schwebte vor, die Figuren in der Öhringer Stiftskirche aufzustellen. Dieser Gedanke stieß dort jedoch auf wenig Gegenliebe. Man befürchtete offenbar, daß die Wiederherstellung des ebenfalls schwer beschädigten eigenen Altars damit in die Ferne rücken würde. Deshalb brachte Dr. Schmidt im August 1948 den Gedanken ins Spiel, die Figuren des Schnitzaltars in die Chorkapelle der Weinsberger Stadtpfarrkirche zu bringen – dann wären sie näher bei Heilbronn.[41] Am 25. August 1948 wurden zwei der 18 Kisten geöffnet. Es zeigte sich, daß kein ernstlicher Schaden eingetreten war.[42] Außerdem wurde erneut überlegt, wo die Figuren aufgestellt werden könnten. Dabei wurden die Seitenkapelle der Stiftskirche Öhringen, das Museum Schloß Neuenstein oder die Martin-Luther-Kirche in Heilbronn für möglich gehalten. Man zog es auch in Betracht, die Großfiguren an den Pfeilern der Martin-Luther-Kirche in Heilbronn anzubringen und alle übrigen ins Museum nach Neuenstein zu transportieren.[43] Die beginnende Versporung ließ es geboten erscheinen, alle Figuren auszupacken und sorgfältig zu reinigen. Deshalb entschloß sich der Heilbronner Dekan Theodor Gerhardt, diese nach Heilbronn zurückzuholen und in der Martin-Luther-Kirche aufzustellen.[44] Am 23. September 1948 reiste Dr. Schmidt nach

[38] *HStA Stuttgart, RG 260 OMGUS 3/438-1/11 (2 of 2): Monthly Consolidated MFA & A Field Report vom 31. Mai 1946, S. 3.*

[39] *Was mit den Glasfenstern geschah, ist in den verfügbaren Quellen nicht überliefert.*

[40] *LKA Stuttgart, Altregistratur Ortsakten Kirchengemeinde Öhringen /216.*

[41] *LKA Stuttgart, Altregistratur Ortsakten Kirchengemeinde Heilbronn /266.*

[42] *LKA Stuttgart, Altregistratur Ortsakten Kirchengemeinde Heilbronn /271 A 1.*

[43] *LKA Stuttgart, Altregistratur Ortsakten Kirchengemeinde Heilbronn /271 A 2.*

[44] *LKA Stuttgart, Altregistratur Ortsakten Kirchengemeinde Heilbronn /271 A 1.*

Heilbronn und untersuchte die Figuren, die zu diesem Zeitpunkt bereits in der Martin-Luther-Kirche deponiert, aber noch nicht ausgepackt waren. Als Ergebnis notierte er, daß die zu verzeichnenden Schäden nicht bei der Lagerung in Kochendorf, sondern in Öhringen entstanden seien, wo die Kisten teilweise im Wasser gestanden hatten.[45] Nun wurden einige Figuren restauriert und von ihrem Bleiweißanstrich[46] befreit. Nach weiteren Diskussionen erfolgte deren Aufstellung in der Martin-Luther-Kirche im Jahre 1949 (Abb. S. 112). Sie waren zusammen mit den Altarflügeln erstmals bei der Konfirmation am 3. April offiziell wieder zu sehen.[47]

Ein Jahrzehnt später nahm die Wiederherstellung des Chores der Kilianskirche konkrete Formen an. In diesem Zusammenhang wurde dem Engeren Rat der Evangelischen Gesamtkirchengemeinde ein ›Kunstausschuß für den Wiederaufbau der Kilianskirche Heilbronn‹ als Beratungsgremium zugeordnet, dem neben der Landesdenkmalpflege und Vertretern der Kirche auch Fachleute aus dem örtlichen Kunstbereich angehörten.[48] Dieser beschäftigte sich im Sommer 1960 im wesentlichen mit drei Problemfeldern. Zu entscheiden waren u. a. die Gestaltung der Schlußsteine des Netzgewölbes im Chor, die Schaffung der farbigen Glasfenster ebenfalls im Chor und die Wiederherstellung des Schnitzaltares. Dabei war klar, daß die Gestaltung des Altares und der Fenster sich gegenseitig beeinflussen würden. Bezüglich des Altars war man sich darüber einig, daß die kostbaren Figuren von ihrem Bleiweißanstrich befreit und restauriert werden sollten. Umstritten war, wie man bezüglich Schrein und Gesprenge verfahren solle, die im Zweiten Weltkrieg untergegangen waren. Denkmalpfleger und Kunsthistoriker forderten deren detailgetreuen Nachbau. Als Vorlage sollten Fotografien und Zeichnungen des Altars aus der Zeit vor der Zerstörung dienen. Allerdings wurde von einigen Beteiligten bezweifelt, daß entsprechende Abbildungen in ausreichender Qualität überhaupt vorlägen.[49] Die örtlichen Vertreter im Kunstausschuß sahen die Lösung in einer Neuschöpfung. Dabei wurde vorausgesetzt, daß dies auf der Grundlage höchster künstlerischer Qualifikation und gleichermaßen auch in Ehrfurcht vor dem Seyferschen Werk geschehen und die spätgotische Geometrie erhalten bleiben müsse.

Die verschiedenen Haltungen prallten in internen Sitzungen, in öffentlichen Debatten und in den Medien aufeinander. Um zu einer Klärung der Fragen zu kommen, entschloß man sich, ein Modell fertigen und einen Ausschnitt des Schnitzaltars zum Auswechseln zweimal nachbilden zu lassen: einmal als genaue Kopie des früheren Altars und einmal von einem zeitgenössischen Künstler gestaltet.[50] Parallel dazu suchten die Verantwortlichen nach möglichst genauen Fotografien als Vorlage für eine detailgenaue Nachschnitzung.[51]

[45] *LKA Stuttgart, Altregistratur Ortsakten Kirchengemeinde Heilbronn /283.*
[46] *Die Heilbronner Stimme (1. Juni 1946, S. 5) berichtet von einem »häßlichen klassizistischen Bleiweißanstrich«.*
[47] *Heilbronner Abendpost, 4. April 1949, S. 4.*
[48] *LKA Stuttgart, Altregistratur Ortsakten Heilbronn, Teil-Kirchengemeinde Kilianskirche (1953 – 1966) /882/1.*
[49] *LKA Stuttgart, Altregistratur Ortsakten Heilbronn, Teil-Kirchengemeinde Kilianskirche (1953 – 1966) /944/1.*
[50] *LKA Stuttgart, Altregistratur Ortsakten Heilbronn, Teil-Kirchengemeinde Kilianskirche (1953 – 1966) /921/3.*
[51] *LKA Stuttgart, Altregistratur Ortsakten Heilbronn, Teil-Kirchengemeinde Kilianskirche (1953 – 1966) /921/3 und /952/2.*

Kiliianskirche Inneres

Zwischenzeitlich entstand ein ›Verein zur Erhaltung des Heilbronner Hochaltars‹,[52] und selbst bei Altbundespräsident Theodor Heuss wurde interveniert.[53]

Gegen Ende des Jahres 1960 begann die eigentliche Restaurierungsarbeit an den erhalten gebliebenen Schnitzaltarfiguren. Diejenigen, die nicht in der Martin-Luther-Kirche aufbewahrt worden waren, sowie die beiden ›Diakone‹ waren bereits zur gründlichen Instandsetzung nach Ulm zu Restaurator Walter Hammer gebracht worden.[54] Dieser erhielt auch den Auftrag, eine Zeichnung für das detailgetreue Altar-Ausschnitt-Modell zu fertigen. Auf dieser Grundlage wurde der Kunstschnitzer Josef Wolfsteiner aus Hüttlingen beauftragt, das Modell herzustellen.[55] Zwischenzeitlich fanden sich auch zahlreiche, sehr detailgenaue Fotos insbesondere vom Gesprenge, so daß die Zweifel immer leiser wurden, ob eine originalgetreue Rekonstruktion überhaupt möglich wäre.[56] Schließlich tauchte auch noch ein originales Teilstück des Schnitzwerkes auf. Anfang 1962 war das Teilmodell für eine originalgetreue Rekonstruktion des Seyferschen Gesprenges fertiggestellt – das Teilmodell für eine Neuschöpfung war nicht in Auftrag gegeben worden.[57]

Im März trat eine eigens dafür berufene ›Gutachterkommission für den Heilbronner Hochaltar‹ zusammen,[58] die aus ortsfremden Theologen und Kunsthistorikern gebildet war. Das originalgetreue Teilmodell hinterließ dort einen so hervorragenden Eindruck, daß einstimmig die Wiederherstellung des Gesamtaltars in der gleichen Weise als die einzig angemessene Lösung empfohlen wurde. Als Konsequenz daraus vertrat die Kommission außerdem die Meinung, daß die Glasfenster im Chor mit Rücksicht auf die *»einzigartige Aussagekraft des Hochaltars« »in dienender Funktion gehalten werden müssen und daß möglichst auf jede figurale Ausgestaltung zu verzichten sei«.*[59] Gegen diesen Vorschlag erhob sich nirgendwo Widerspruch, so daß der Engere Rat der Evangelischen Gesamtkirchengemeinde Heilbronn am 9. April 1962 den Beschluß faßte, *»die Herren Hammer und Wolfsteiner mit der Wiederherstellung des Kiliansaltars zu beauftragen«*. Die Kosten übernahm in Höhe von 90% das Landesamt für Denkmalpflege, bei der Ausführungszeit rechnete man mit zwei Jahren.[60]

Diese Zeitschätzung sollte sich jedoch als wesentlich zu optimistisch erweisen. Am 1. Dezember 1968, dem ersten Adventssonntag, wurde der fast zwölf Meter hohe Schnitzaltar nach siebenjähriger Restaurierungszeit in einem feierlichen Gottesdienst der Kiliansgemeinde wieder übergeben.[61] Damit war eine fast drei Jahrzehnte währende Odyssee zu Ende gegangen.

Blick in die Kilianskirche vor der Restaurierung 1886

[52] *LKA Stuttgart, Altregistratur Ortsakten Heilbronn, Teil-Kirchengemeinde Kilianskirche (1953 – 1966) /941/1.*
[53] *LKA Stuttgart, Altregistratur Ortsakten Heilbronn, Teil-Kirchengemeinde Kilianskirche (1953 – 1966) /921/4.*
[54] *LKA Stuttgart, Altregistratur Ortsakten Heilbronn, Teil-Kirchengemeinde Kilianskirche (1953 – 1966) /952/2.*
[55] *LKA Stuttgart, Altregistratur Ortsakten Heilbronn, Teil-Kirchengemeinde Kilianskirche (1953 – 1966) /1043.*
[56] *LKA Stuttgart, Altregistratur Ortsakten Heilbronn, Teil-Kirchengemeinde Kilianskirche (1953 – 1966) /1081.*
[57] *LKA Stuttgart, Altregistratur Ortsakten Heilbronn, Teil-Kirchengemeinde Kilianskirche (1953 – 1966) /1081.*
[58] *LKA Stuttgart, Altregistratur Ortsakten Heilbronn, Teil-Kirchengemeinde Kilianskirche (1953 – 1966) /1091/3.*
[59] *LKA Stuttgart, Altregistratur Ortsakten Heilbronn, Teil-Kirchengemeinde Kilianskirche (1953 – 1966) /1115.*
[60] *LKA Stuttgart, Altregistratur Ortsakten Heilbronn, Teil-Kirchengemeinde Kilianskirche (1953 – 1966) /1130/3.*
[61] *Amtsblatt für den Stadt- und Landkreis Heilbronn, 28. November 1968, S. 1.*

Reinhard Lambert Auer

Der Chorbau der Kilianskirche

Wie das kostbare Gehäuse des Schnitzaltares mit seiner Zierarchitektur und Dekoration die Figuren des Schreins umgibt, so bildet auch die gesamte Architektur des Chores der Kilianskirche eine prachtvolle Behausung für den Retabelaufbau Hans Seyfers. Beide sind, dem Turmbau Hans Schweiners gleichgestellt, als kunstgeschichtlich herausragende Werke der Spätgotik anzusprechen.

Als der alte einschiffige Chor aus dem 13. Jh. dem reichsstädtischen Repräsentationsbedürfnis offensichtlich nicht mehr entsprechen konnte, wurde er nach der Mitte des 15. Jh. bis in die ausgehenden 80er Jahre durch den Neubau ersetzt. Obwohl damit etwas früher als der Schnitzaltar errichtet, wirkt dieser mit dem Chor nach heutigem Eindruck wie in einer einheitlichen Konzeption verbunden: Der Aufbau des Schnitzaltars erscheint eingepaßt in die umgebende Architektur und diese wiederum in ihrer Gestaltung wie als unmittelbar bezugnehmender Rahmen (Abb. rechts).

Blick vom Mittelschiff in den Chor der Kilianskirche mit dem Schnitzaltar von Hans Seyfer

Der heute stehende Chorbau ist, auch das eine Gemeinsamkeit, ebenso wie der Schnitzaltar in weiten Teilen eine Rekonstruktion der Nachkriegszeit. Schon während der großen Restaurierung, die von 1886 bis 1894 unter dem Ulmer Münsterbaumeister August von Beyer an der Kilianskirche durchgeführt wurde, geschahen erste gravierende Eingriffe in den Originalzustand. Vor allem die damalige Konstruktion von drei parallel gestellten Dächern über den Schiffen des Chores bedeutete eine massive Veränderung für das äußere Erscheinungsbild.

Nach den verheerenden Bombenschäden 1944 entstand als letzter Abschnitt des Wiederaufbaus von 1957 – 1965 auch der Chor an der Kilianskirche neu. Der leitende Architekt Hannes Mayer orientierte sich dabei an dem Zustand vor den Veränderungen des 19. Jh., so daß an der Ostfassade und im Dachbereich nun wieder annähernd das ursprüngliche Erscheinungsbild sichtbar ist[1] (Abb. S. 116).

Kilianskirche von Osten, älteste erhaltene Fotografie aus dem Jahr 1865

[1] *Zum Vergleich kann die erhaltene Kopie einer Bauaufnahme von 1888 herangezogen werden. Zur Chronik des Wiederaufbaus s. Bechstein, Kilianskirche S. 51 ff. Dokumente und Fotografien befinden sich im Archiv der Evang. Gesamtkirchengemeinde Heilbronn. Aus dem Material ist zu erschließen: Hauptchor und Südchor waren bis auf die Grundmauern zerstört, jedoch enthalten die Arkadenwände und vornehmlich der Nordchor im aufgehenden Mauerwerk noch einige Originalsubstanz. Die Gewölbe sind ebenfalls gänzlich neu aufgemauert.*

Im Inneren des Hallenchores ergibt sich eine großartige weite Raumwirkung:

Die drei annähernd gleich hohen Schiffe enden auf der Ostseite in drei parallel gestellten, mehreckig gebrochenen Chorschlüssen: als 5/8-Polygonschluß, demnach in fünf Seiten eines Achtecks, im Hauptchor; in den beiden seitlichen Nebenchören in 3/8 (Abb. links).[2]

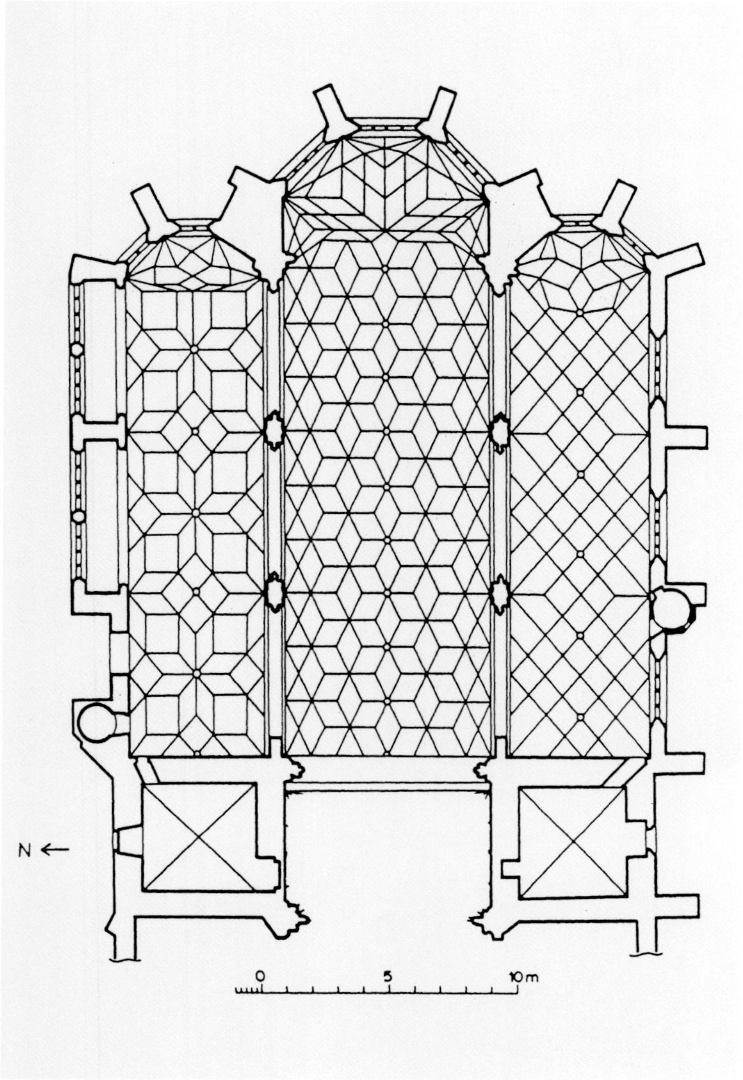

Kilianskirche, Chor, Grundriß

Engmaschige Netzgewölbe überspannen die drei Schiffe, im Mittelschiff bilden die Rippen Doppelsterne. Die Jocheinteilung der Schiffe ist durch diese Figuration gänzlich verunklärt, dagegen entsteht durch die stark profilierten Scheidbögen zwischen den Arkadenpfeilern eine deutliche Trennung des Mittelschiffs zu den Seitenschiffen. Bei den Pfeilern geht aus einem in der Längsachse gestreckten achteckigen Sockel, dem in der Querachse jeweils einfache Dienste zum Mittelschiff und Seitenschiff vorgestellt sind, die Profilierung ohne Kapitelle in die Scheidbögen über. Ebenso, ohne Hervorhebung des Kämpferpunktes, münden die Dienste in die Gewölbeanfänger (Abb. S. 119).

Das Licht dringt durch große vierbahnige Fenster in den Hauptchor. Zweibahnig sind sie in den Seitenchören. Dreipaßförmige Übergänge leiten in die verschiedenartigen Fischblasenmuster der oberen Maßwerkabschlüsse über. Die großflächigen mehrbahnigen Fenster setzen sich auch an den Seitenschiffwänden fort. Auf der Nordseite befinden sich, vergleichbar den Seiten des Langhauses, zwei Einsatzkapellen. Bedingt durch die Sakristeianbauten hat die Südseite einen anderen Wandaufriß.

In der Außengestaltung sind die drei Schiffe, wie vor der Beyerschen Umbaumaßnahme,

Kilianskirche, Gewölbe des Chormittelschiffs

[2] Eine Staffellung im Grundriß ergibt sich, weil der Hauptchor durch die größere Breite des Mittelschiffs weiter nach außen tritt. Zwischen den Strebepfeilerwänden entsteht so als Raumabschnitt eine Jocheinheit, die in den Seitenschiffen nicht vorhanden ist, daher die unterschiedliche Bezeichnung der Polygonschlüsse.

heute wieder unter einem gemeinsamen Dach zusammengefaßt. Doch tragen die drei strebepfeilerbesetzten Chorschlüsse an der Giebelseite jeweils eigene Dächer: Das des Hauptchores hat die gleiche Firsthöhe wie das Hallendach, die beiden seitlichen sind wesentlich niedriger. Die Dynamik dieser Baugruppe entfaltet in der Ansicht von Osten eine starke architektonische Wirkung.

Sowohl dieser Außenbau als auch die Großzügigkeit des Innenraums lassen erkennen, daß eine repräsentativere und in ihrer Bedeutung gesteigerte Architektur beabsichtigt war, als der alte Chor dem Neubau weichen mußte. Den Funktionen einer städtischen Pfarrkirche hätte ein einschiffiger Chor durchaus genügen können,[3] doch auch in der Reichsstadt Heilbronn wurde in Dimensionen gebaut, die weit über die tatsächliche funktionale Notwendigkeit hinausgingen.[4]

Das verband Heilbronn durchaus mit Bauvorhaben an anderen Orten. Zu dieser Zeit waren an einer ganzen Reihe von Pfarrkirchen in den umliegenden bedeutenderen Reichsstädten aufwendige Hallenumgangschöre bereits errichtet worden oder gerade im Entstehen.[5]

Nun wollte man jedoch in Heilbronn offenbar nicht mit einer ähnlichen Gestaltung in einen direkten Vergleich treten. Vielmehr wurde mit der Bauform des Chores hier eine in der gesamten Region gänzlich ungebräuchliche Lösung gewählt.

Der Typus des gestaffelten dreiapsidialen Hallenchors, wie er sich an der Kilianskirche ablesen läßt, ist an sich eine gängige, in anderen Gegenden weit verbreitete Großform der deutschen mittelalterlichen Architektur.[6] Jedoch stellt er für seine Entstehungszeit nicht nur für den schwäbischen Raum, sondern auch für alle angrenzenden Gebiete eine vollkommen singuläre Erscheinung dar.

Was war die Motivation derjenigen, die damals den Neubau in Heilbronn maßgeblich betrieben, sich gerade für diese Bauform zu entscheiden?

Nun läßt sich der Heilbronner Chor in eine allgemeine Tendenz der *»Kathedralisierung«*,[7] demnach Bedeutungssteigerung städtischer Pfarrkirchen in der Entwicklung der Bauformen nach der Hochgotik einordnen. Dies könnte allerdings ebenso für die Hallenumgangschöre geltend gemacht werden und liefert so gerade keine hinreichende Erklärung. Ebensowenig befriedigt diejenige, die besagt, es sei darum gegangen, mit einem prächtigeren Neubau einfach *»sich selbst, d.h. den Vorgängerbau, zu übertrumpfen«*.[8]

Eduard Paulus hat als erster 1889 in seinem Inventarband über die Kunst- und Altertumsdenkmale in Württemberg auf eine interessante Beobachtung hingewiesen: auf die Ähnlichkeit Heilbronns mit dem Chorbau des Stephansdoms in Wien.[9] Seine These gibt Anlaß zur weiteren Beschäftigung.

[3] Welche Altarpatrozinien genau in den Seitenchören bestanden und ob mit den Bauteilen besondere Funktionen verbunden waren, ist bislang für Heilbronn nicht festgestellt worden. Oft übliche Nutzungen von Seitenchören an mittelalterlichen Kirchen, z.B. als Klerikerchor oder Grablege, scheiden jedenfalls aus, die heutigen Funktionsbestimmungen als »Taufchor« im Süden und »Abendmahlschor« im Norden stammen erst aus neuerer Zeit.

[4] Bei solchen Projekten orientierte man sich vielfach an den größeren, oft auch mit einem höheren Rechtsstatus versehenen Kirchenbauten anderer bedeutenderer Orte, allerdings geschah das nicht allein aus Gründen der Repräsentation, sondern nicht selten waren damit weitergehende politische und rechtliche Ansprüche verbunden. Martin Warnke spricht in diesem Zusammenhang vom »Anspruchsniveau«, mit dem die mittelalterlichen Bauvorhaben belegt waren, s. Warnke, Überbau, S. 13.

[5] Schwäb. Gmünd, Hl. Kreuzmünster; Nürnberg, St. Sebald und St. Lorenz; Dinkelsbühl, St. Georg; Weißenburg (in Franken), St. Andreas; Schwäb. Hall, St. Michael, jedoch auch an der Hl. Geistkirche in der kurpfälzischen Residenz Heidelberg.

[6] Beispiele finden sich von Westfalen, der norddeutschen Tiefebene, Mitteldeutschland bis nach Schlesien und Öster-

Kilianskirche, der mittlere Chorschluß und seine Ausstattung vor den Veränderungen nach 1886. Die Reliefs der Altarflügel sind noch als einzelne Tafeln unterhalb der seitlichen Fenster angebracht.

Für die hier interessierenden Fragen der architektonischen Zusammenhänge sollen in aller Kürze einige Teile der spätmittelalterlichen Ausstattung aus der Zeit kurz nach der Erbauung erwähnt werden: Neben den beiden nur noch fragmentarisch erhaltenen Sakramentshäusern sind als noch vorhandene Bauplastik an erster Stelle die beiden Wappen an den Diensten des westlichen Triumphbogens vom Übergang des Langhauses in den Chor zu nennen: im Norden, von zwei Engeln gehalten, das reichsstädtische Adlerwappen, im Süden das Wappen der Familie Erer[10] (Abb. S. 129 und 130). Einige Scheiben der originalen Verglasung sind heute in den Fenstern der Nordseite zusammengefaßt.[11]

Nur alte Abbildungen zeugen von Details, die heute nach dem rekonstruierenden Wiederaufbau am Chor nicht mehr vorhanden sind, jedoch für den Versuch seiner kunsthistorischen Zuordnung von Relevanz sein könnten:

reich in der Nachfolge von Wien (s.u.). Verwiesen sei auf die knappe zusammenfassende Darstellung bei H.J. Kunst, Hallenumgangschor, S.56 ff. Zunächst im Grundriß schon vielfach bei den Staffelchören in romanischen Klosterkirchen vorkommend, ursprünglich bei der Basilika, dann in der Gotik auch auf die Raumform der Halle übertragen. Als früheste derartige Verbindung ist die Liebfrauenkirche in Arnstadt zu nennen, vgl. den Hinweis auf P. Findeisen bei Badstübner, Mühlhausen, S. 123.

7 *Ernst Badstübner gebraucht diese Terminologie und macht die Tendenz genau an den dreiapsidialen Chorbauten fest; vgl. Mühlhausen, a. a. O., zur dortigen Marienkirche.*

8 *Vgl. Philipp, Pfarrkirchen, S. 144.*

9 *Siehe KAD Neckarkreis, S. 249, ebenso 1903 in dem von ihm bearbeiteten Abschnitt der Oberamtsbeschreibung Heilbronn.*

10 *Ererwappen: der Schild mit Bär, bekrönendem Helm und umgebendem Rankenwerk. An dieser Stelle ergänzend der Hinweis auf die wohl zeitgleiche, heute kopflose Büste eines Mannes mit Schriftband am nördlichen Dienstbündel des östlichen Triumphbogens, die auch als Baumeisterporträt gedeutet wurde.*

11 *Siehe Becksmann, Glasmalereien, S. 60 ff.; darunter das reichsstädtische Wappen mit Datierung 1487, dazu S. 66 f. Allgemein zur heutigen Ausstattung des Chores s. Bechstein, Kilianskirche, und Auer; Kilianskirche, S. 10 f.*

• Das Mittelschiffgewölbe war ursprünglich bis zum westlichen Triumphbogen in der einheitlichen engmaschigen Figuration an der Decke im Raum zwischen den Türmen hindurchgeführt (Abb. S. 114).[12]

• Am originalen Bau unterteilten Maßwerkbrücken ungefähr in halber Höhe die Fensterflächen der Chorschlüsse. Auch diese Maßwerkgestaltung war in der schwäbischen Spätgotik ein äußerst seltenes Phänomen[13] (Abb. S. 121 und S. 123).

• In unmittelbarer Verbindung dazu standen erkerartige Konstruktionen, bei denen bis zur Höhe der Maßwerkbrücken die beiden äußeren Bahnen der jeweiligen Seitenfenster des Hauptchores in einem Winkel nach außen gestellt waren (Abb. S.116 und S.121). Für diese *»kuriose Fensterform«*[14] oder *»Nasen«*[15] lassen sich keinerlei Vergleichsbeispiele in anderen spätgotischen Architekturzusammenhängen finden. Auch sie waren offensichtlich für Heilbronn singulär, wurden aber bereits bei der Beyerschen Restaurierung 1886/94 entfernt.[16]

Nun ließe sich diese Sonderform eventuell auch als ein bedeutungssteigerndes Dekorationselement deuten,[17] naheliegender ist jedoch die Erklärung aus einer konkreten Funktion. Der enge Bezug von Architektur und Schnitzaltar, der wie genau eingepaßt erscheint, wurde bereits erwähnt.[18] Die Altarflügel liegen in Aussparungen der Fenstersohlbänke auf, das Gesimsprofil ist hier mit einem Sprung nach unten geführt, genau darüber befanden sich früher die erkerartigen Konstruktionen. In sie konnten die Schnitzaltarflügel in gerader Linie mit dem Altarschrein eingestellt werden – wohl um eine bessere Beleuchtung zu ermöglichen, denn bei der Diagonalstellung der Flügel waren deren Innenseiten immer beschattet.[19]
Damit kommt in den Blick, daß für die Aufstellung von Seyfers Schnitzaltar Veränderungen an der bereits vorhandenen Architektur vorgenommen wurden und demnach keineswegs eine anfängliche beides umfassende Konzeption vorlag.

Entweder war der Altar in seinen Dimensionen schon vorher festgelegt und wurde, wie Meurer vermutet, von außerhalb nach Heilbronn geliefert. Eine weitere Erwägung läßt sich anschließen: man wollte offenbar – entweder die Auftraggeber oder es war die künstlerische Intention – einen möglichst großen und hohen Retabelaufbau, der bis an das Gewölbe reichen sollte. Um das Ganze, vor allem den Schrein, nicht überschlank und die Flügel ungewöhnlich schmal proportionieren zu müssen, griff man zu diesen architektonischen Veränderungen.

Demnach wäre der Chorbau für Seyfers oder eigentlich jeden großen Flügelaltaraufbau zu schmal dimensioniert und in seinen Beleuchtungsverhältnissen nicht sonderlich günstig gewesen. Dennoch ergibt sich für heutige Betrachter die faszinierende Gesamtwirkung.

[12] *Der zweite, weiter zum Chor hin gelegene Bogen zwischen den Ostwänden des Turmpaares war dagegen bis zur Zerstörung 1944 nicht vorhanden. Heute sind die Ansätze der ursprünglichen Gewölbekonstruktion noch an den verbliebenen Schildbögen der Turmwände sichtbar. Den Zustand belegen auch die wenigen alten Fotos und Zeichnungen aus der Zeit vor der Beyerschen Renovierung. Der bei Titot, Hauptkirche, wiedergegebene Grundriß dagegen ist hierin fehlerhaft, wird allerdings, da keine neuere vollständige Bauaufnahme existiert, bis in die neuere Literatur so weitertradiert, z.B. auch bei Becksmann, Glasmalereien, S. 63. Nicht zu klären war bislang das ursprüngliche Aussehen der Gewölbefiguration des nördlichen Seitenschiffes, auch hier sind Zweifel am tradierten Grundriß angebracht.*

[13] *Vergleichbar nur am Chor des Ulmer Münsters (beg. 1377, Wölbung erst 1449). Der Begriff »Maßwerkbrücken« bei Binding, Maßwerk, S. 167. Becksmann; Glasmalereien, S. 62, spricht von »Maßwerkvorhängen«.*

[14] *So Becksmann, S. 61.*

[15] *Vgl. Meurers Aufsatz in diesem Band.*

Kilianskirche, Chorschluß und Schnitzaltar von Hans Seyfer vor der Zerstörung 1944

[16] *Auf dem Stich des Hochaltars 1833 bei Titot, Hauptkirche, deutlich dargestellt;, ebenso erkennbar auf der Fotografie von 1865, die bei Schmolz/Weckbach, alte Stadt, als Abb. 11 publiziert ist, Original Stadtarchiv (s. Abb. S. 116).*
[17] *Wie die Maßwerkbrücken als »Abbreviatur eines Triforiums«, vgl. Philipp, Pfarrkirchen S. 109, hier nun als Reminiszenz an Umgangskapellen?*
[18] *Die heute auffallende Asymmetrie – nur rechts neben dem Flügel erscheint ein Lichtstreifen des Fensters – war früher nicht vorhanden und ergab sich aus Maßverschiebungen beim Wiederaufbau, dies belegen Detailpläne von Hannes Mayer.*
[19] *Eine Frage ergibt sich nach dem Verhältnis der »Nasen« zu den Maßwerkbrücken, die für erstere eine konstruktive Notwendigkeit darstellen. Dennoch ist anzunehmen, daß die Maßwerkbrücken von Anfang an zur Planung der Architektur gehörten und den Anlaß gaben, solche Fensterausstellungen erst mit dem Altar nachträglich einzubauen. Da beides nicht erhalten ist, ist keine Klärung mehr möglich.*

II. Baugeschichte

II.1. Anton Pilgram?

Am Chor, anders als am Turm der Kilianskirche, finden sich heute keine Bauinschriften mehr, die den Beginn, den Abschluß oder auch die Tätigkeit eines oder mehrerer Baumeister bezeugen würden.

Dennoch schien mit den Veröffentlichungen von Hans Koepf seit 1950[20] die Baugeschichte des Chores der Kilianskirche endgültig geklärt:

Als 1481 eine Heilbronner Ratsdelegation in Wien Kaiser Friedrich III. um die Verleihung der Reichslehen von Heilbronn und Wimpfen an den Bürgermeister Hans Erer ersuchte, wurden bei diesem Anlaß auch Pläne für den Chorneubau an der Kilianskirche erbeten. Durch diese Vermittlung kam der noch junge Anton Pilgram von der Wiener Bauhütte, der später 1511 – 1515 Dombaumeister an St. Stephan war, als entwerfender und leitender Architekt nach Heilbronn. Beim somit 1481 begonnenen Neubauprojekt verwendete er einen älteren Plan des Hans Puchspaum[21] für die Stadtpfarrkirche in Steyr, den Pilgram aus den in der Wiener Bauhütte vorhandenen Planrissen kopieren konnte. Gleichzeitig war er als Steinbildhauer tätig und schuf in der Kilianskirche ebenfalls das Sakramentshaus im Hauptchor sowie die beiden Wappen an den Dienstbündeln des Triumphbogens zwischen Langhaus und Chor.

Jedoch wurde unter Pilgrams Leitung der Bau nicht vollendet. Die Mauerhöhe war erst bis zu den Gewölbeansätzen fortgeschritten, als der Meister Heilbronn aus ungeklärten Gründen verließ, um an zahlreichen anderen Orten Schwabens eine umfangreiche Tätigkeit zu entfalten. Die Wölbung selbst wurde dann nach Entwürfen von Aberlin Jörg, dem landesherrlichen Baumeister der württembergischen Grafen aus Stuttgart, ausgeführt. Dies kann als unbestritten gelten, denn sein Wappen befand sich früher auf einem Meisterschild im Chorgewölbe und seine Beziehung zu Heilbronn in der Zeit 1487/88 ist ebenfalls urkundlich nachgewiesen.[22]

Allgemein wird als Bauabschluß für den Chor das Jahr 1487 angenommen, diese Datierung trägt eine Scheibe der farbigen Fenster, die damals aus Speyer geliefert wurden.[23]

Folgt man der Hypothese von Hans Koepf, so ergäbe sich zunächst für den Chor der Kilianskirche eine relativ kurze Bauzeit von höchstens sechs Jahren zwischen 1481 – 1487. Der schon früher beobachtete mögliche Zusammmenhang mit dem Wiener Stephansdom bestünde nicht nur in einer allgemeinen Ähnlichkeit der Gestaltung, wie sie bei Eduard Paulus 1889 beschrieben ist, sondern mit der Person von Anton Pilgram, der 1511 selbst

[20] *An vielen Stellen wiederholte er die Argumente immer in gleicher Weise: vgl. Koepf, Anton Pilgram, Neuentdeckte Bauwerke, zusammengefaßt in: Meister, u. a. S. 22 ff., vgl. Literaturverzeichnis.*

[21] *Ebenfalls als einer der Vorgänger Pilgrams Dombaumeister in Wien, vgl. die Monographie von Grimschitz. Die entsprechenden Pläne sind in Wien erhalten.*

[22] *Siehe Rauch, Baugeschichte, S. 231 f.*

[23] *Siehe HUB II, Nr. 1454, S. 380; vgl. Becksmann, Glasmalereien, S. 66 f.*

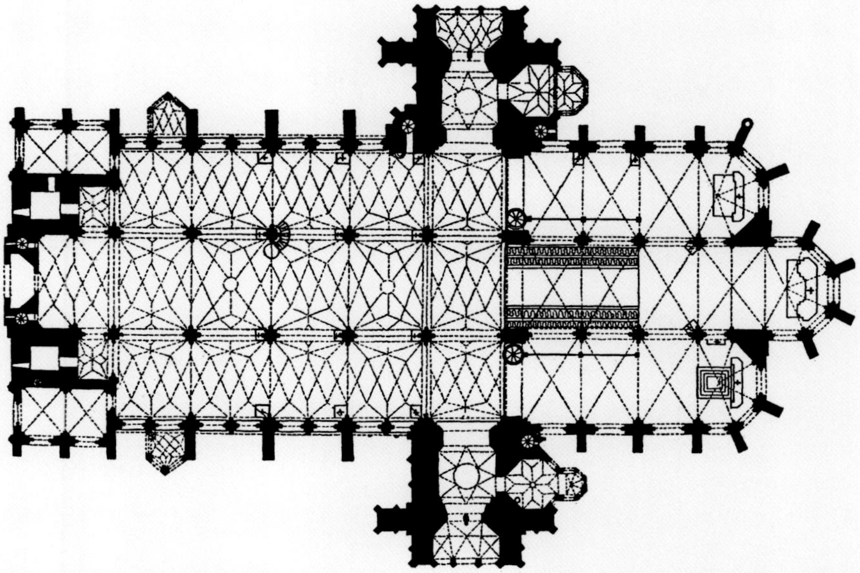

Wien, Stephansdom,
Grundriß

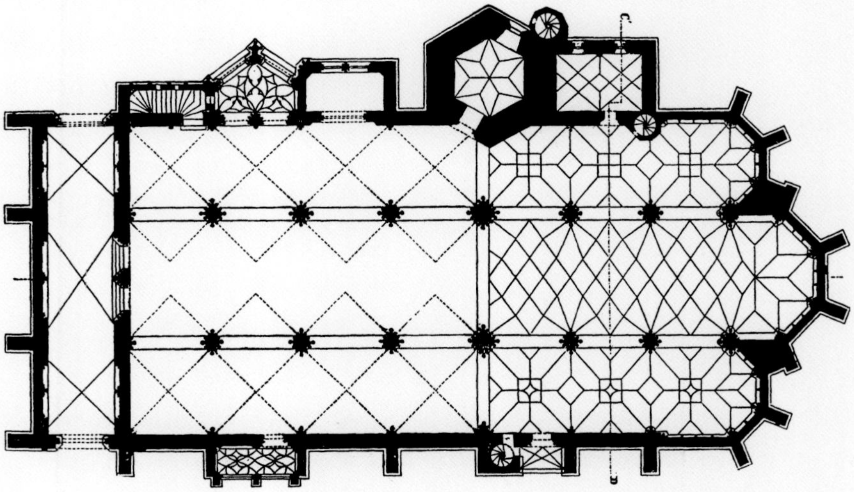

Steyr, Stadtpfarrkirche,
Grundriß

Dombaumeister in Wien wurde, wäre ein unmittelbarer Bezug gegeben. Direkt maßgeblich für Heilbronn wäre aber die Stadtpfarrkirche in Steyr gewesen, deren Chor ab 1443 unter der Leitung des damaligen Wiener Dombaumeisters Hans Puchspaum errichtet worden war.

Wien, Stephansdom, Außenansicht von Nordosten

Die Auffassungen Koepfs fanden weitgehende Anerkennung, und sie wurden bis in die jüngste Zeit und neueste Literatur immer wieder von Autoren unhinterfragt übernommen,[24] obwohl innerhalb der kunsthistorischen Forschung ebenso von anderer Seite früh Zweifel geäußert wurden.[25]

Tatsächlich gibt die vordergründig schlüssig erscheinende Argumentation Anlaß zu einer ganzen Reihe von Fragen:

Sie ergeben sich bereits aus dem Vergleich zwischen den beiden Chorbauten von Steyr und Heilbronn (Abb. S. 118 und S. 125 unten). So muß zwar für den Grundriß die auffällige Ähnlichkeit konstatiert werden, aber in der jeweiligen Ausführung der Architektur sind die Unterschiede erheblich: Mit der genauen Übernahme des Pfeilersystems und der Verschleifung der Apsiden am Außenbau steht Steyr in wesentlich engerer Abhängigkeit von Wien als Heilbronn (Abb. S. 125 oben und S. 126).[26] Dagegen erinnert erstaunlicherweise der Kilianschor in der Innenwirkung – übrigens auch am Außenbau – trotz der unwienerischen Details durch seine Weiträumigkeit weit mehr an den Stephansdom (Abb. S. 127 oben) als Steyr (Abb. S. 127 unten). Dort entsteht durch die steileren kuppeligen Gewölbe der Eindruck einer gewissen räumlichen Enge. Somit wird jedenfalls die allzu große Maßgeblichkeit Steyrs und das von Koepf behauptete direkte Abhängigkeitsverhältnis für den Heilbronner Bau zweifelhaft.[27] Allenfalls wären beide durch den gemeinsamen Typus des dreiapsidialen Hallenchores verbunden und als Parallelerscheinungen in die Nachfolge des ›albertinischen‹ Chorbaues von Wien einzuordnen.[28]

[24] *Z.B. noch 1993 Koch/Prokisch, Steyr.*

[25] *Ab 1962: Fischer, Mittelrhein, S. 208 f.; Seeliger-Zeiss, Lechler, S. 72 ff.; Becksmann, Glasmalereien, S. 61; Philipp, Pfarrkirchen, S. 103 f.; Halbauer, predigstül, S. 228 ff.; ferner Brucher, Baukunst, S. 205, der auf die »deutsche Forschung« als Bedenkenträger hinweist, jedoch auch die kritische Frage anstößt, inwieweit Pilgram überhaupt jemals als Architekt tätig war.*

[26] *Die notwendig detaillierteren Beschreibungen sind in diesem Zusammenhang leider nicht möglich.*

[27] *Dies gilt auch für die von ihm als weiteres Argument angeführte Plastik am Bau: Sakramentshaus und Sediliennische, vgl. Seeliger-Zeiss, a. a. O.*

[28] *St. Stephan war zunächst nur Pfarrkirche der habsburgischen Residenzstadt, erst ab 1467 Bischofssitz. Der Chor, nach dem Bauherrn benannt, der ihn maßgeblich förderte, wurde bereits zwischen 1304-1340 errichtet. Wohl im Grundriß vom Regensburger Dom ableitbar, ist von Wien selbst eine umfangreiche Nachfolge dreiapsidialer Chorbauten ausgegegangen. Wichtig im Vergleich für Heilbronn auch St. Mauritius in Olmütz. Vgl. dazu u.a. die Darstellungen bei Feuchtmüller, Wagner-Rieger und Brucher.*

Beleuchtet man die Pilgram-Zuschreibung Koepfs noch einmal näher, wird deutlich, daß er sich damit in eine kunstgeschichtliche Hypothesenbildung einreiht, die bereits 1930 von Rudolf Schnellbach initiiert wurde. Dieser meinte, im Heilbronner Sakramentshaus des Hauptchores sei ein *»unbekanntes Frühwerk«* Pilgrams zu erkennen.[29] Dem folgte von verschiedenen Autoren eine ganze Reihe weiterer Zuschreibungen plastischer Arbeiten, Skulpturen wie auch Zierarchitekturen, die in die Rekonstruktion einer umfangreichen Pilgramschen ›frühen Wirksamkeit in Schwaben‹ einmündete.[30]

Wien, Stephansdom, Innenansicht

Koepf konnte mit seiner nur folgerichtigen Anwendung auf die Architektur den Chorbau der Kilianskirche in die bedeutendsten Entwicklungen europäischer Spätgotik einordnen. Jedoch war es notwendig, für den Baubeginn in Heilbronn zu einer relativ späten Datierung zu gelangen. Allein so war Pilgrams Heilbronner Tätigkeit in einen sinnvollen biographischen Rahmen zu bringen, denn erst nach 1511 wird er als Person überhaupt in Wien urkundlich faßbar. Dagegen existieren weder urkundliche Hinweise noch eindeutig vorhandene Signaturen an Werken der Plastik oder Architekur, die eine Wirksamkeit Anton Pilgrams im Südwesten Deutschlands belegen könnten.

Steyr, Stadtpfarrkirche, Innenansicht

Die Hypothese bedarf hier keiner eingehenderen Darstellung. Sie enthüllt sich bei genauerer Betrachtung als ein Theoriegebäude, das letztlich der Grundlage entbehrt, weil ein fragwürdiges Argument das nächste nach sich zieht, bis sie sich schließlich gegenseitig stützen und belegen. Aus der Sicht heutiger Forschung ist sie nicht mehr akzeptabel.[31]

[29] *Vgl. Schnellbach, Frühwerk.*
[30] *Vgl. dazu Oettinger, Pilgram. S. 22 ff. Er und Koepf, das geht aus Äußerungen beider hervor, standen in engem wissenschaftlichem Kontakt.*
[31] *Siehe die kritische Darstellung der Hypothese bei Halbauer, a. a. O.*

II.2. Offene Fragen

Der Zusammenhang mit Wien ist wohl dennoch nicht von der Hand zu weisen: Sieht man auf die typologische Gestaltung des Chorbaus der Kilianskirche, so wird eine Abhängigkeit oder auch eine bewußte Bezugnahme auf Wien für Heilbronn höchst wahrscheinlich. Doch scheint sie in ihrer Motivation bislang nicht hinreichend erkannt worden zu sein.

Koepfs Ansatz z.B. befaßt sich nicht allein bei der Kilianskirche offenbar ganz vorrangig nur mit den Leistungen und der Genialität jeweiliger Baumeister. Solch eine eingeschränkte und daher leicht zu Fehleinschätzungen gelangende kunsthistorische Blickrichtung bedarf jedoch der Ausweitung der Methoden und Fragestellungen:

Die konkreten örtlichen Verhältnisse sind in den Blick zu nehmen. Wer überhaupt war maßgeblich als Auftraggeber und Bauherr beteiligt? Wo lagen die Interessen dieser Seite? Welche Rechtsverhältnisse bestanden, wo lag die Zuständigkeit bei der Finanzierung? Ein Künstler oder Architekt konnte seine Tätigkeit und eventuell innovativen Ideen nur in einem Geflecht dieser letztgenannten Faktoren entfalten. Damit hatten auch sie großen Einfluß auf das Ergebnis einer Baumaßnahme.

Eine bau- und kunstgeschichtliche Untersuchung, die diese Aspekte beachtet und für ihre Beurteilungen auswertet, steht nicht nur für den Chorbau, sondern für die gesamte Kilianskirche bislang aus.[32] Eingehende Detailanalysen am Bau selbst sowie die Neubewertung historischer Quellen könnten zu weiteren Klärungen beitragen.[33]

Die nachfolgenden knappen – und zwangsläufig in manchem hypothetischen – Hinweise können die ausführliche Argumentation nicht ersetzten, die jedoch in anderem als dem vorliegenden Zusammenhang erfolgen müßte. Es geht darum, die Perspektiven aufzuzeigen, in denen weiterzufragen ist:

- Nach den kirchenrechtlichen Verhältnissen im ausgehenden Mittelalter besaß der Bischof von Würzburg das Patronat an St. Kilian; als ›Kirchherr‹ ließ er sich jedoch in der Regel durch ein Mitglied des Würzburger Domkapitels vertreten.[34] Amtsinhaber war beim Bauabschluß des Chores der Domherr und Kanzler Johannes von Allendorf, der sich mit der Stiftung seines noch weitgehend erhaltenen Fensters an der Ausstattung des Chores beteiligte.[35]

Zwar lag die Zuständigkeit der Bauunterhaltung für den Bauteil des Chores einer Kirche an sich beim Patronatsherrn, ob jedoch für die Finanzierung des Heilbronner Neubaus maßgebliche Mittel aus Würzburg flossen, ist eher zu bezweifeln. Vielmehr ist anzunehmen, daß, wie damals vergleichbar in anderen Städten, die hauptsächliche Baulast von der

[32] *Ansatzweise bei Philipp, Pfarrkirchen, der jedoch Heilbronn summarisch im Zusammenhang einer Vielzahl anderer Bauten behandelt. Zudem geben seine Schlußfolgerungen bisweilen Anlaß zu weiteren Fragen.*

[33] *Die Forschungslage für Heilbronn ist äußerst ungünstig, sowohl wegen der starken Zerstörungen am Bau wie dem Verlust vieler Originalurkunden, jedoch wurde bislang keine systematische Auswertung des an verschiedenen Stellen noch vorhandenen alten Planmaterials und der alten Abbildungen vorgenommen.*

[34] *Bestätigung durch Kaiser Karl IV. im Jahr 1349, s. Rauch, Heilbronn um 1500, S. 115; näheres bei Irion, Verhältnisse; vgl. die Zusammenfassung bei Schmolz/Weckbach, Reformation, S. 88 f.*

[35] *Siehe Becksmann, Glasmalereien, S. 60 ff. dort weitere Literaturhinweise zu seiner Person.*

Kilianskirche, Chorbogen Nordseite, Wappen der Reichsstadt Heilbronn

Bürgerschaft getragen wurde,[36] von deren Seite wohl überhaupt der Neubau des Chores maßgeblich betrieben wurde. Die Wappen am Triumphbogen zum Chor dürfen als eindeutiger Hinweis gelten.

• Damit rückt jedoch nun auch das finanzkräftige und das die städtische Politik bestimmende Patriziat mit seinen Interessen an dem Bauvorhaben ins Blickfeld.

Die Erer stellten als eine der bedeutendsten Patrizierfamilien Heilbronns im 15. Jh. in Kontinuität fast immer einen der beiden Bürgermeister. Stellvertretend für die Stadt waren sie Lehnsträger und hatten ebenso die Vogtei von Flein inne.[37] Beide Wappen am Chor repräsentieren also den städtischen Anspruch am Bau, obgleich nach der direkten Einflußnahme am Baugeschehen oder nach umfangreichen Stiftungen der Erer ebenso zu fragen wäre (Ab. S. 129/130). Allerdings ist das Ererwappen am Chor keineswegs allein auf den Bürgermeister Hans den Jüngeren (gest. 1503)[38] zu beziehen sowie auf das Datum 1481 und seine damit verbundene Belehnung wie Koepf es tut.

Beziehungen der Erer zu Kaiser Friedrich III. sind wesentlich früher anzusetzten: so z.B. urkundlich belegt für Hans Erer (gest. 1480, Vater des oben genannten), der oft für die Stadt in diplomatischen Missionen tätig war, die Begegnung und Huldigung vor dem Kaiser 1456

[36] *›Ablässe‹ – jedoch nur von Bischöfen zu genehmigen und bei ihnen zu erkaufen – waren die wichtigste Art, Finanzmittel zu beschaffen. Dazu und zur »Kirchenfabrik« als Finanzorganisation, der ein städtischer »Kirchenpfleger« vorstand, finden sich verschiedene Erwähnungen in den Urkunden. S. allgemein die vergleichende Studie von Philipp, Pfarrkirchen, mit speziellen Hinweisen auch zu Heilbronn, s. u.a. S.21 ff. und 27 ff.*

[37] *Siehe Rauch, Heilbronn um 1500. S. 111, vgl. HUB I, Nr. 342: Bestellung von Hans Eyrer als Lehnsträger von Flein 1387. Die mittelalterliche Vorstellung war hier maßgebend, daß nur eine Person, nicht ein Gemeinwesen Lehensmann sein konnte.*

[38] *Der »Jüngere« ist nicht eigentlich exakt, da es bereits mehrere frühere Träger dieses Vornamens in der Familie gab, vgl. Rauch, Erer.*

Kilianskirche, Chorbogen Südseite, Wappen der Familie Erer

in Wiener Neustadt anläßlich der Belehnung mit Flein, später in Straßburg 1473 bei der Belehnung mit Heilbronn.[39]

• Wenn von daher die Datierung des Baubeginns um 1481 fragwürdig erscheinen muß, geraten demnach die früheren baugeschichtlichen Darstellungen, Datierungen und Zuordnungen erneut ins Interesse und bedürfen der Überprüfung. Allerdings ist bekanntermaßen beim damaligen Forschungsstand die Literatur des 19. Jh. wenig zuverlässig,[40] immer wieder jedoch wird auf den Baumeisternamen ›Hans von Mingolsheim‹ verwiesen und werden für den Baubeginn am Chor frühere Jahreszahlen genannt.

Von Moriz v. Rauch stammt 1915 die erste ausführliche Baugeschichte der Kilianskirche. Er spricht sich aus seiner Interpretation der Quellen gegenüber den älteren Auffassungen eindeutig für eine relativ späte Datierung aus: den Beginn *»um 1480«*, und er weist die gesamte Projektierung und Ausführung des Baus eindeutig Aberlin Jörg zu.[41] Nicht nur durch die Widerlegung Koepfs kann dies kaum mehr als stichhaltig angesehen werden.

• Rückschlüsse aus urkundlichen Quellen wie Anzeichen am Bau selbst scheinen in eine andere Richtung zu weisen. Ein erstaunlicher Hinweis findet sich auch bei Hans Koepf. Im Zusammenhang mit den Veränderungen des Langhauses, die er mit Hans von Mingolsheim

[39] *Siehe Rauch; a. a. O. S. 24 ff.; für die Straßburger Belehnung vgl. HUB I, 771d S. 413 – interessanterweise hier der Kommentar des Herausgebers (Knupfer), der Kaiser könnte die Belehnung verzögert haben, um sie für sich zu behalten? Als eine der wenigen Städte hatte damals Heilbronn zuvor auf dem Esslinger Städtetag dem Kaiser »Hilfe gegen die Feinde des Reiches« zugesagt – war die dann endlich erfolgte Belehnung der ausgehandelte Preis?*

[40] *Jäger, Handbuch, S. 70, erwähnt das Datum 1475 für den Baubeginn – angeblich auf einer Scheibe im Chor.*

• Titots Beschreibung von 1833 bringt keine klare Datierung, nennt aber für die Beteiligung am Chorbau zwei Namen: »Meister Burkhard« aus Augsburg (Brief 1480) und vor ihm »Hans von Mingolsheim«, Titot, Hauptkirche S. 7.

• Klemm, Steinmetzzeichen, nennt eine angeblich schriftliche Nachricht für den Beginn 1426, S. 31, von ihm selbst jedoch in Zweifel gezogen. Dagegen hält er als wahrscheinlich mit dem Bau verbunden einen Ablaßbrief von 1454, weiter die Wirksamkeit von Hans von Mingolsheim ao 1455, s. S. 33.

• bei Dürr, Chronik, S. 18: im Zusammenhang eines früher noch vorhandenen Grundsteins: Datierung für den Chor 14?? (sic!) – 1487.

(dies ein Ort in der Umgebung von Speyer) in Verbindung bringt, spricht er von der Rheinpfalz, »*deren künstlerischer Einfluß auf Heilbronn nicht hoch genug eingeschätzt werden kann*«,[42] und vor seiner Zuschreibung an Pilgram hatte er anfänglich selbst noch die »*Mingolsheimer*«, wen immer er damit meinte, als für die Planung und Ausführung des Chorbaus zuständig angesehen.[43] Offensichtlich waren diese Erwägungen später jedoch für ihn von keinerlei Belang mehr.

Sieht man aber die nachweisbar engen politischen Beziehungen Heilbronns zur Kurpfalz, so ist tatsächlich anzunehmen, daß pfälzisch-mittelrheinische Einflüsse in der Architektur des Chores wirksam wurden. Die Belieferung mit Fenstern aus Speyer und die Beauftragung eines Bildhauers für den Schnitzaltar aus dieser Region dürften als zusätzliche Argumente gelten. Vor allem jedoch war es ein Gestaltungselement am Bau selbst, das in diesen Zusammenhang weist: Die – heute in Heilbronn nicht mehr vorhandenen – Maßwerkbrücken der Fenster (Abb. S. 123) hatten im mittelrheinischen Raum weiteste Verbreitung, während sie im schwäbischen Umfeld höchst selten vorkamen.[44]

Hans von Mingolsheim, der aber nach einer Heilbronner Urkundennennung spätestens 1473 gestorben war, rückt somit ins Zentrum der Fragestellung. Es bedürfte hier weiterer Untersuchungen, um seine Tätigkeit und Biographie zu erfassen.[45]

Unterschiede der Bauteile sind zwar nicht außer acht zu lassen, doch ein viel engerer Zusammenhang zwischen Langhausumbau und Chorneubau und damit eine frühere Datierung für den Baubeginn als 1480 erscheint nun wahrscheinlich. Allerdings besteht weiterhin die Aufgabe, den Anteil Aberlin Jörgs am Bau zu klären; eventuell – ableitbar aus einer urkundlichen Erwähnung – auch die Mitarbeit Hans Sporers.

• Es bleibt als wesentliches Problem, die genannten Einflüsse mit der ›wienerischen‹ Großform des Baus in Verbindung zu bringen, zumal die Vermittlung durch Pilgram ausfällt. Einleuchtende Argumente, daß eine Orientierung auf einen anderen Ort oder ein anderes maßgebliches Bauwerk stattfand, ließen sich jedenfalls nicht finden. Die gewählte Form in ihrer Singularität und Auffälligkeit für die Region kann auch nicht aus ›ästhetischen‹ Erwägungen, die von heutigen Wahrnehmungen ausgehen, erklärt werden.

Doch liegt, wenn an dieser Stelle auch nur hypothetisch formulierbar, die folgende Einschätzung nahe:

Zunächst steht dabei die Ausgangsfrage, in welchem Verhältnis sich die Stadt Heilbronn und ihre die Politik bestimmenden Personen zu dem Habsburger Kaiser Friedrich III. sahen.

Die zu vermutende Bezugnahme auf Wien war jedenfalls von einem politischen Interesse geleitet, in dem ›kaiserliche‹ Architektur oder ›Reichsarchitektur‹ an der Kilianskirche

• *Paulus in KAD nennt allgemein 15. Jh., Zusammenhang von Chor und Langhauserneuerung: Hans von Mingolsheim. Verweis auf Ähnlichkeit mit Wien.*

41 *Er veröffentlicht auch die Zeichnung des nicht mehr erhaltenen Meisterschildes mit dem Jörgwappen. S. Rauch, Baugeschichte, S. 28 ff. mit ausführlichen Quellenhinweisen. Seine stilistischen Einordnungen sind bisweilen recht zweifelhaft, ob er deshalb bei der Deutung der Quellen immer recht hat, ist ebenfalls zu fragen. Er gesteht selbst Unklarheiten ein, z.B. für Ablaßnennung HUB II, S. 288, die er »wahrscheinlich« dem Jahr 1485 zuordnet.*

Und auch die für 1483 urkundlich belegte bischöfliche Abbruchgenehmigung muß keineswegs besagen, daß erst kurz vor diesem Zeitpunkt mit dem Neubau begonnen wurde oder dieser noch ziemlich in den Anfängen war, vielmehr könnte er um den alten, noch in Benutzung befindlichen Chor herumgebaut worden, im aufgehenden Mauerwerk bereits ziemlich weit fortgeschritten sein – dazu lassen sich andernorts genügend Beispiele anführen.

42 *Siehe Koepf, Meister, S. 21.*

43 *Siehe im Neckarecho 1949: Koepf, Kapitel.*

44 *Vgl. z.B. u.a. den Frankfurter Baumeister Madern Gerthener und sein ganzes Umfeld, dagegen im Schwäbischen Raum wie bereits erwähnt nur am Ulmer Münsterchor, und*

sichtbar gemacht wurde. Ob als besondere Huldigung oder nicht vielmehr, um Ansprüche von Rechten und Eigenständigkeit gegenüber dem Kaiser auszudrücken, kann einstweilen durchaus ambivalent beurteilt werden.[46] Eine gleichzeitige Verdeutlichung städtischer Interessen auch gegenüber dem ›Kirchherrn‹, die z.B. darauf zielten, selbst das Patronatsrecht an der Kilianskirche zu erlangen, ist dabei keineswegs ausgeschlossen.[47]

Die Frage, ob und wie ein Plantransfer stattfand, findet zumindest Anhaltspunkte in den Besuchen und Beziehungen Heilbronner Ratsmitglieder nach Wien, allerdings nicht erst 1481. Die tatsächliche Ausführung des Baus könnte dann durchaus bei anderen Kräften als denen der Wiener Bauhütte gelegen haben.

Wie hier die Großform und die Detailausführungen am Bau zusammenwirken, bedarf – wie bereits erwähnt – der ausführlichen Analyse.

Von besonderem Interesse ist die Interpretation und Ableitung der Formgebung bei den Arkadenpfeilern: sind sie als quasi modernisierende Weiterentwicklung des Wiener Systems, allerdings des dortigen Langhauses, anzusehen oder stehen sie in ganz anderen Traditionen?[48] Dies ließe sich für andere Einzelheiten, z. B. die Ausführungen der Maßwerke und der Chorstrebepfeiler, mit den diagonal gestellten Fialen, überhaupt für den Zusammenhang von Bauplastik und Architektur einschließlich der Sakramentshäuser,[49] fortsetzen.

Wie lassen sich ›pfälzisch-mittelrheinische‹ und ›württembergische‹ Anteile voneinander abheben? Doch vornehmlich: Wie entstand aus den Absichten, die das Bauvorhaben bestimmten, am Heilbronner Kilianschor eine ganz eigene und innovative Gestaltung?

IV. Kunsthistorische Würdigung

Mit Hans Seyfer für den Heilbronner Schnitzaltar und Hans Schweiner für den Turmbau der Kilianskirche sind uns, auch wenn wir kaum etwas zu den künstlerischen Persönlichkeiten wissen, doch wenigstens die Namen überliefert.

Die dritte derartige Verbindung – angeblich die von Anton Pilgram mit dem Chorbau – kann in Zukunft keine Geltung mehr beanspruchen. Die Zuschreibung an den Wiener Dombaumeister ist nicht aufrechtzuerhalten. Festzustellen bleibt, daß dazu weder vom Bau und von den bauplastischen Details noch aus den schriftlichen Quellen, noch aus der in sich unschlüssigen Argumentation der Hypothese von Pilgrams ›früher schwäbischer Wirksamkeit‹ stichhaltige Begründungen abzuleiten sind.

äußerst spät in Augsburg an St. Ulrich und Afra, Abschluß 1603; ferner im großen Ostfenster in St. Georg, Nördlingen, ca. 1450, von Nicolaus Eseler aus Alzey/Rheinpfalz.

[45] *Siehe Kahl, Wirtschaftsgeschichte, S. 98, dort aufgeführt ältere Literatur zu Hans von Mingolsheim.*

[46] *Aufschlußreich der bereits oben erwähnte Kommentar zu Nr. 711d in HUB I, S. 413, zur Belehnung Hans Erers 1473, vgl. Anm. 39. – Nach der Einschätzung von F. Dürr, s. Chronik S. 71, war die Erlangung der Vogteirechte über Heilbronn und zeitweise Wimpfen 1464 erst der endgültige Schritt in die Reichsfreiheit und Reichsunmittelbarkeit der Stadt.*

[47] *Die allgemein bedeutende Stellung der Geistlichkeit fand in der Ausstattung des Chores – z.B. in der aufwendigen, leider heute verlorenen Gestaltung der Sediliennische – durchaus gebührenden Ausdruck. Auch die Würzburger Bezüge sind mit der Hervorhebung Kilians im Bildprogramm von Seyfers Retabel deutlich vor Augen geführt. Dennoch wäre nach dem Verhältnis der Stadt zu Würzburg und dessen tatsächlichem Einfluß eingehender zu fragen.*

[48] *Z.B. württembergische, regionale Ursprünge, vgl. Esslingen, Frauenkirche. Nicht unbedingt einleuchtend erscheint der Zusammenhang mit Breslau, Sandkirche, den Philipp nennt: s. Pfarrkirchen, Anm. 622, S.174. Viel eher wäre an*

Dies schmälert keineswegs die kunstgeschichtliche Bedeutung dieses einzigartigen Bauwerks.

Die Errichtung des in seiner Form für einen weiten Umkreis singulären dreiapsidialen Hallenchors in Heilbronn geschah auf Betreiben der städtischen Bauherren. Obwohl andere Lösungen naheliegend gewesen wären, wurde offenbar der albertinische Chor des Wiener Stephansdoms zum maßgeblichen Vorbild und als ›Reichsarchitektur‹ rezipiert. Es ist nicht einfach gesteigertes Repräsentationbedürfnis, das hier zum Ausdruck kam, sondern die damit verbundenen politischen Interessen.

Die tatsächliche Ausführung scheint nicht von Wiener Bauleuten geleistet worden zu sein, sondern wahrscheinlich kamen pfälzische und mittelrheinische Einflüsse zum Tragen, auch der Beitrag württembergischer Kräfte am Bau bliebe näher zu bestimmen. Ein früherer Baubeginn als 1480 ist anzunehmen.

Neben der Besonderheit der Bauform ist die enge Bezugnahme von Chorarchitektur und Schnitzaltaraufbau von herausragender Bedeutung: nachträgliche bauliche Veränderungen bewirkten diese Einfügung in den architektonischen Rahmen, so daß sich das heutige großartige Gesamtbild ergibt.

In den Jahren 1579 – 82 fand nach Einführung der Reformation eine erste umfassende Veränderung im Inneren der Kilianskirche statt. Der Chor war von der Maßnahme ebenfalls betroffen:

Nach dem Entwurf des »Gipsmeisters« Konrad Wagner aus Leonberg, der die Kanzel im Langhaus errichtete, wurde u.a. ein Stuckgewölbe im bislang flach gedeckten Mittelschiff eingezogen. Die nachgotischen Netzrippenfigurationen nahmen Bezug auf den Chorraum, und dieser erhielt dabei einen neuen Anstrich, der dem des Langhauses angeglichen war. Angeblich befand sich früher neben dem Meisterschild des Jörg-Wappens am Chorgewölbe auch der von Wagner, was diese Intention zur Vereinheitlichung und Zusammenbindung beider Bauteile nur zusätzlich belegen würde.[50]

Damals beschloß der Rat, *»das alt Getafelt und anderes, so der Kirche ein Übelstand, hinwegzutun«*,[51] was den Verlust großer Teile der mittelalterlichen Ausstattung bedeutete. Seyfers Schnitzaltar blieb trotz seiner vorreformatorischen Ikonographie an seinem Ort im Hauptchor erhalten. Offenbar war man sich seines Wertes und wohl auch seiner zukunftsweisenden theologischen Bezüge bewußt. Als ein Teil der Ausstattung und mit dem ihn umgebenden spätgotischen Raum wurde er in die Gesamtgestaltung einer nun protestantischen Predigtkirche integriert.

die Alexanderkirche in Marbach zu denken, vgl. Koepf, Alexanderkirche.

[49] Zu beachten die Hinweise bei Seeliger-Zeiss, Lechler.

[50] Siehe Koepf, Wagner; seine hier ebenfalls sehr kurz apodiktisch vorgetragene Zuschreibung ist wieder nur mit Mühe nachzuvollziehen, hat aber Berechtigung angesichts der genannten Vereinheitlichungstendenz.

[51] Siehe Rauch, Baugeschichte, S. 252, die genauere Beschreibung der Umbaumaßnahmen mit Urkundennennung, S. 246 ff.

Literatur zum Heilbronner Schnitzaltar von Hans Seyfer

chronologisch geordnet (in Auswahl)

Titot, Heinrich: Beschreibung der Ev. Hauptkirche zu Heilbronn, Heilbronn 1833, S. 10

Waagen, Gustav F.: Kunstwerke und Künstler in Bayern, Schwaben, Basel, dem Elsaß und der Rheinpfalz, Leipzig 1845, S. 239

Lotz, Wilhelm: Kunst-Topographie Deutschlands II, Kassel 1863, S. 168

Lübke, Wilhelm: Geschichte der Plastik, Leipzig 1863, S. 536 – 538

Beschreibung des Oberamts Heilbronn, Stuttgart 1865, S. 169, 2. Aufl. 1903, II S. 18 – 20

Bode, Wilhelm: Geschichte der deutschen Plastik, Berlin 1887, S. 178, 182 f.

Weber, Anton: Leben und Wirken des Bildhauers Dill Riemenschneider, 2. Aufl., Würzburg und Wien 1888, S. 63 – 66

Die Kunst- und Altertumsdenkmale im Königreich Württemberg, Neckarkreis, bearb. von Eduard Paulus, Stuttgart 1889, S. 249

Tönnies, Eduard: Leben und Werke des Würzburger Bildschnitzers Tilmann Riemenschneider, Straßburg 1900, S. 165 – 167

Schuette, Marie: Der schwäbische Schnitzaltar, Straßburg 1907, S. 128, 182 – 184

von Rauch, Moriz: Meister Hans Seyfer, Bildhauer und Bildschnitzer in Heilbronn. In: Monatshefte für Kunstwissenschaft 1909, S. 504 – 528

Schmidt, Paul Ferdinand: Der Meister des Berliner Martin und Hans von Heilbronn. In: Monatshefte für Kunstwissenschaft 1909, S. 338 – 355

Pinder, Wilhelm: Die deutsche Plastik des 15. Jahrh., München 1924, S. 34

Winkler, Friedrich: Konrad Meits Tätigkeit in Deutschland. In: Jahrbuch der preussischen Kunstsammlungen 1924, S. 55

Baum, Julius: Niederschwäbische Plastik des ausgehenden Mittelalters, Tübingen 1925, S. 19

Schnellbach, Rudolf: Werke aus der Jugend- und Reifezeit des Hans Syfer. In: Jahrbuch der preussischen Kunstsammlungen 50, 1929, S. 105 – 122

Pinder, Wilhelm: Die deutsche Plastik vom ausgehenden Mittelalter bis zum Ende der Renaissance, Wildpark-Potsdam 1929, S. 439 – 441, 451

Schnellbach, Rudolf: Spätgotische Plastik im unteren Neckargebiet, Heidelberg 1931, S. 7 ff.

Böhling, Luise: Die spätgotische Plastik im Württembergischen Neckargebiet, Reutlingen 1932, S. 74 – 79

Baum, Julius: Hans Seyfer. In: Thieme-Becker 30, 1936, S. 550 – 552

Pinder, Wilhelm: Die deutsche Kunst der Dürerzeit, Leipzig 1940, S. 232 – 234

Fischel, Lilly: Nicolaus Gerhaert und die Bildhauer der deutschen Spätgotik, München 1944, S. 134 – 143

Fleischhauer, Werner: Zu Hans Syfer. In: Form und Inhalt. Kunstgeschichtliche Studien. Otto Schmitt zum 60. Geb., Stuttgart 1950, S. 203 – 210

Koepf, Hans: St. Kilian Heilbronn, Heilbronn 1952, S. 35 – 40

Feulner, Adolf und *Müller*, Theodor: Geschichte der deutschen Plastik, München 1953, S. 395 ff.

Hauck, Marie-Luise: Der Bildhauer Conrad Sifer von Sinsheim und sein Kreis in der oberrheinischen Spätgotik. In: Annales Universitatis Saraviensis 9, 1960, S. 113 – 368

Schädler, Alfred: Deutsche Plastik der Spätgotik, Königstein i. T. 1962, S. 17 – 18

Koepf, Hans: Schwäbische Kunstgeschichte, 3: Plastik und Malerei der Gotik, Konstanz und Stuttgart 1963, S. 22

Paatz, Walter: Süddeutsche Schnitzaltäre der Spätgotik, Heidelberg 1963, S. 105 – 110

Seeliger-Zeiss, Anneliese: Lorenz Lechler von Heidelberg und sein Umkreis, Heidelberg 1967, S. 121 – 122

Adrion, Heinrich: Der Rottweiler Bildhauer Kaiser Maximilians Konrad Rötlin von Rottweil, Stuttgart 1970

Zimmermann, Eva: Die Syfer – Drei spätgotische Bildhauer am Oberrhein. In: Kraichgau 3, 1972, S. 46 – 60; 4, 1974/75, S. 35 – 54

Schindler, Herbert: Der Schnitzaltar, Regensburg 1978, S. 241 – 242

Deutsch, Wolfgang: Ein Esslinger Bildhauer der Spätgotik und seine Schule. In: Esslinger Studien 18, 1979, S. 138

Rauschenberger, Ilse: Drei neckarschwäbische Schnitzretabel der Spätgotik: Bönnigheim, Ellhofen, Neckargartach. Heilbronner Museumsheft 7, Heilbronn 1980, S. 8 f., 36 f.

Liebmann, Michael J.: Die deutsche Plastik 1350 – 1550, Leipzig 1982 (Güterloh 1984), S. 369, 372

Gräf, Hartmut: Unterländer Altäre 1350 – 1540. Eine Bestandsaufnahme. Heilbronner Museumsheft 9, Heilbronn 1983, S. 55 – 58

Baxandall, Michael: Die Kunst der Bildschnitzer, München 1984, S. 352 – 353

Auer, Reinhard Lambert: Heilbronn – Evang. Kilianskirche, 1. Aufl. München/Zürich 1988

Janowitz, Esther: Neues zum Heilbronner Altar. In: Jahrbuch der Staatlichen Kunstsammlungen in Baden-Württemberg 28, 1991, S. 54 – 67

Tripps, Johannes: Hans Syfer und Niklaus Gerhaert van Leyden. Ein neuer Rekonstruktionsvorschlag zum Konstanzer Retabel. In: Zeitschrift für Württembergische Landesgeschichte 51, 1992, S. 117 – 129

Zimmermann, Eva: *Syfer*, Hans. In: The Dictionary of Art 30, 1996, S. 161 – 162

In den Anmerkungen zitierte Literatur

Die kursiv geschriebenen Wörter bezeichnen die Kurzform der in den Anmerkungen zitierten Buchtitel

Ausst. Kat.: 450 Jahre *Reformation* in Heilbronn. Ursachen, Anfänge, Verlauf (bis 1555), Stadtarchiv Heilbronn, Heilbronn 1980

Ausst. Kat.: *Dürer*-Holzschnitte, Städtische Museen Heilbronn, Heilbronn 1991

Ausst. Kat.: *Meisterwerke Massenhaft*. Württ. Landesmuseum Stuttgart, Stuttgart 1993

Ausst. Kat.: *Spätgotik* am Oberrhein, Badisches Landesmuseum Karlsruhe, Karlsruhe 1970

Ausst. Kat.: Tilman *Riemenschneider* – Frühe Werke, Mainfränkisches Museum Würzburg, Regensburg 1981

Adrion, Heinrich: Der Rottweiler Bildhauer Kaiser Maximilians Konrad *Rötlin* von Rottweil, Stuttgart 1970

Auer, Reinhard Lambert: *Kilianskirche* Heilbronn (Schnell und Steiner Kunstführer 1731, 1. Aufl. München/Zürich 1988), 3. Aufl. Regensburg 1999

Badstübner, Ernst: Das alte *Mühlhausen* – Kunstgeschichte einer mittelalterlichen Stadt, Leipzig 1989

Baum, Julius: Deutsche Bildwerke des 10. – 18. Jahrhunderts. Kataloge der Kgl. Altertümersammlung in Stuttgart III, Stuttgart / Berlin 1917

Baum, Julius: Niederschwäbische *Plastik* des ausgehenden Mittelalters, Tübingen 1925

Bechstein, Hans Dieter: Heilbronn. Die *Kilianskirche*: Mittelpunkt der Stadt, Heilbronn 1975

Becksmann, Rüdiger: Die mittelalterlichen *Glasmalereien* in Schwaben von 1350 bis 1530. Corpus Vitrearum Medii Aevi. Deutschland Bd. I,2, Berlin 1986

Bernhard, Marianne: Martin *Schongauer* und sein Kreis. Druckgraphik, Handzeichnungen, München 1980

Beschreibung des Oberamts Heilbronn. Herausgegeben von dem Königlichen statistisch-topographischen Bureau (Verf. Heinrich Titot), Stuttgart 1865

Binding, Günther: *Maßwerk*, Darmstadt 1989

Braun, Joseph: *Tracht* und Attribute der Heiligen in der Deutschen Kunst, Stuttgart 1943

Brucher, Günter: Gotische *Baukunst* in Österreich, Salzburg/Wien 1990

Dürr, Friedrich: *Chronik* der Stadt Heilbronn. Band *I*: 741 – 1895. Unveränderter Nachdruck der 2. Auflage von 1926, Heilbronn 1986 (Veröffentlichungen des Archivs der Stadt Heilbronn 27)

Fischer, Friedhelm Wilhelm: Die spätgotische Kirchenbaukunst am *Mittelrhein* 1410 – 1520 (Heidelberger Kunstgeschichtl. Abhandlungen N.F. Bd. 7), Heidelberg 1962

Fleischhauer, Werner: Zu Hans *Syfer*. In: Form und Inhalt. Kunstgeschichtliche Studien. Otto Schmitt zum 60. Geb., Stuttgart 1950, S. 203 – 210

Franz von Assisi: Fioretti, Gebete, Ordensregeln, Testament, Briefe, Zürich 1979

Freuchtmüller, Rupert: Der Wiener *Stephansdom*, Wien 1978

Gräf, Hartmut: *Unterländer Altäre* 1350 – 1540. Eine Bestandsaufnahme. Heilbronner Museumsheft Nr. 9, Städtische Museen Heilbronn, Heilbronn 1983

Grimschitz, Bruno: Hanns *Puchspaum*, Wien 1947

Halbauer, Karl: *predigstül* – Die spätgotischen Kanzeln im württembergischen Neckargebiet bis zur Einführung der Reformation (Veröffentlichungen der Kommission für geschichtliche Landeskunde in Bad.-Württ.: Reihe B, Forschungen: Bd. 132), Stuttgart 1997

Hauck, Marie-Luise: Der Bildhauer Conrad *Sifer* von Sinsheim und sein Kreis in der oberrheinischen Spätgotik. In: Annales Universitatis Saraviensis 9, 1960, S. 113 – 368

Holthuis, Gabriele: *Skulpturenstadt Heilbronn*. Führer zur Kunst im öffentlichen Raum. Hrsg. von Andreas Pfeiffer (Heilbronner Museumskatalog Nr. 60), Heilbronn 1996

HUB: Heilbronner Urkundenbuch Bd. *I* (bearb. E. Knupfer), Bd. *II-IV* (bearb. M. v. Rauch), Stuttgart 1904 – 1922

Hummel, Heribert: Dr. Johann *Kröner*, Prediger bei St. Kilian zu Heilbronn (1493 – 1520). In: Jahrbuch für Schwäbisch-fränkische Geschichte. Historischer Verein Heilbronn. Bd. 31/1986, S. 25 – 43

Huth, Hans: *Künstler* und Werkstatt der Spätgotik, Augsburg 1923

Irion, Gerhard: Die pfarrechtlichen *Verhältnisse* der Reichsstadt Heilbronn bis zur Reformation, Diss. jur. (MS), Tübingen 1953

Jäger, Karl: *Handbuch* für Reisende in den Neckargegenden, Heidelberg 1824

Janson, Horst W.: The Sculpture of *Donatello*, 2 Bde., Princeton 1957

Jantzen, Hans: Kunst der *Gotik*, Hamburg 1957

KAD Neckarkreis 1889: Die *Kunst- und Altertumsdenkmale* im Königreich Württemberg, Neckarkreis, bearb. von Eduard Paulus, Stuttgart 1889

Kahl, Hans-Rudi: Beiträge zur *Wirtschaftsgeschichte* der Reichsstadt Heilbronn im Spätmittelalter. Phil. Diss. 1948 (Quellen und Forschungen zur Geschichte der Stadt Heilbronn Bd. 5), Heilbronn 1994

Klemm, Alfred: Die Geschichte der *Steinmetzzeichen* im allgemeinen und über die Heilbronner insbesondere. In: Hist. Verein Heilbronn, Bericht aus den Jahren 1889–90 (viertes Heft), S. 1 – 44 (m. Abbildungen)

Koch, Rudolf und *Prokisch*, Bernhard: Stadtpfarrkirche *Steyr* – Baugeschichte und Kunstgeschichte, Steyr 1993

Koepf, Hans: Ein *Kapitel* Heilbronner Kunstgeschichte. In: Neckarecho 10.9.1949

Koepf, Hans: Anton *Pilgram* – Der Meister der Heilbronner Kilianskirche. In: Heilbronner Stimme 8.4.1950

Koepf, Hans: *St. Kilian* Heilbronn, Heilbronn 1952

Koepf, Hans: Neuentdeckte *Bauwerke* des Meisters Anton Pilgram. In: Wiener Jahrbuch für Kunstgeschichte XV/1953, S. 119 – 135

Koepf, Hans: Die Heilbronner *Stifterfigur*. Ein Werk des Wiener Dombaumeisters Anton Pilgram. In: Heilbronner Stimme 7.1.1956

Koepf, Hans: Die Stuttgarter Baumeisterfamilie *Joerg*. In: Schwäbische Lebensbilder (M.Miller / R.Uhland Hg.), Bd.6., Stuttgart 1957, S. 41 – 60

Koepf, Hans: Die Baukunst der *Spätgotik* in Schwaben (Sonderdruck aus ZS f. württ. Landesgeschichte Bd. XVII,1), Stuttgart 1958

Koepf, Hans: Die Heilbronner *Kilianskirche* und ihre *Meister* (Veröffentlichungen des Archivs der Stadt Heilbronn, Heft 6), Heilbronn 1961

Koepf, Hans: Konrad *Wagner* – ein Heilbronner Künstlerportrait. In: Schwaben und Franken, 7. Jg., Nr. 8. 1963

Koepf, Hans: Schwäbische *Kunstgeschichte*, Bd. 2: Baukunst der Gotik, Konstanz / Stuttgart 1963

Koepf, Hans: Schwäbische *Kunstgeschichte*, Bd. 3: Plastik und Malerei der Gotik, Konstanz / Stuttgart 1963

Koepf, Hans: Die gotischen *Planrisse* der Wiener Sammlung, Wien 1969

Koepf, Hans: Die *Alexanderkirche* in Marbach am Neckar (Neuauflage der Ausg. von 1950), Marbach 1972

Kunst, Hans-Joachim: Die Entstehung des *Hallenumgangschores* (Sonderdruck aus: Marburger Jahrbuch für Kunstwissenschaft XVIII), Marburg 1969

Kuttler, Gustav: Heilbronn, seine *Umgebungen* und seine Geschichte für Fremde und Einheimische in kurzen Umrissen geschildert, Heilbronn 1859

LCI: Lexikon der christlichen Ikonographie. Hrsg. von Engelbert Kirschbaum, 8 Bde., Freiburg 1968 – 76

LEGENDA AUREA des Jacobus de Voragine. Aus dem Lateinischen übersetzt von Richard Benz, Heidelberg 1975

Legner, Anton: *Spätgotische Bildwerke* aus dem Liebieghaus, Frankfurt 1961

Lichte, Claudia und *Westhoff*, Hans: Mustergültig: Strichzeichnungen als Skulpturenvorlage. In: Zeitschrift für Kunsttechnologie und Konservierung 10. 1996, S. 184 – 194

Lübke, Wilhelm: Geschichte der *Plastik* von den ältesten Zeiten bis zur Gegenwart. 1. Auflage, Leipzig 1863

Lübke, Wilhelm: Geschichte der *Plastik* von den ältesten Zeiten bis zur Gegenwart. 3. verm. und verb. Auflage, Band 2, Leipzig 1880

Maek-Gérard, Michael: Nachantike großplastische *Bildwerke* III, Bestandskatalog Liebieghaus Frankfurt, Melsungen 1985

Meurer, Heribert: Das unvollendete Retabel. Zum ehemaligen Hochaltar des Ulmer Münsters. In: Heilige Kunst 24. 1988 – 91, S. 13 – 16

OAB *Heilbronn 1865*: Beschreibung des Oberamts Heilbronn, Stuttgart 1865

OAB *Heilbronn 1903*: Beschreibung des Oberamts Heilbronn, Stuttgart 1903

Oellermann, Eike: Der Hochaltar in St. Martin zu Lorch am Rhein. In: Flügelaltäre des späten Mittelaltars, hrsg. von Hartmut Krohm und Eike Oellermann, Berlin 1992, S. 9 – 22

Oettinger, Karl: Anton *Pilgram* und die Bildhauer von St. Stephan, Wien 1951

Osten, Gert von der und *Vey*, Horst: *Painting* and Sculpture in Germany and the Netherlands 1500 to 1600, Harmondsworth 1969

Paatz, Walter: Süddeutsche *Schnitzaltäre* der Spätgotik, Heidelberg 1963

Pächt, Otto: *Van Eyck*, Die Begründer der altniederländischen Malerei. Hrsg. von Maria Schmidt-Dengler, München 1989

Paulus, Eduard: Die *Kunst- und Altertumsdenkmale* im Königreich Württemberg. Inventar [Neckarkreis], Stuttgart 1889

Philipp, Klaus Jan: *Pfarrkirchen* – Funktion, Motivation, Architektur. Eine Studie am Beispiel der Pfarrkirchen der schwäbischen Reichsstädte im Spätmittelalter (Studien zur Kunst- und Kulturgeschichte Bd. 4), Marburg 1987

Pinder, Wilhelm: Die deutsche Kunst der *Dürerzeit*, Leipzig 1940

Rauch, Moriz von: *Baugeschichte* der Heilbronner Kilianskirche. In: Württ. Vjs. f. Landesgeschichte 1915, S. 218 – 254

Rauch, Moriz von: Die *Erer* in Heilbronn. In: J.B. d. Hist. Vereins Heilbronn Nr. 15. 1925, S. 13 – 56

Rauch, Moriz von: *Heilbronn* um 1500. Wiederabdruck in: Christhard Schrenk/Hubert Weckbach (Hg.): Aus der Heilbronner Stadtgeschichtsschreibung, FS für Helmut Schmolz, Weinsberg 1988, S. 105 – 128

Rauch, Moriz von: Meister Hans *Seyfer*, Bildhauer und Bildschnitzer in Heilbronn. In: Monatshefte für Kunstwissenschaft 2.1909, S. 504 – 528

Recht, Roland: Nicolas de *Leyde* et la sculpture à Strasbourg, Straßburg 1987

RGG: Die Religion in Geschichte und Gegenwart. Handwörterbuch für Theologie und Religionswissenschaft, in Gemeinschaft mit Hans Frhr. v. Campenhausen, hrsg. von Kurt Galling. 3. Auflage, 7 Bde., Tübingen 1986

Rosenfeld, Jörg: Die nichtpolychromierte Retabelskulptur als bildreformerisches Phänomen im ausgehenden Mittelalter und in der beginnenden Neuzeit, Ammersbek b. Hamburg 1990

Ruck, Karl: *Führer* durch Heilbronn und Umgebung, Heilbronn 1904

Sauer, Joseph: *Symbolik* des Kirchengebäudes und seiner Ausstattung in der Auffassung des Mittelalters, 2. Auflage, Freiburg 1924

Schmidt, Paul Ferdinand: Der *Meister* des Berliner Martin und Hans von Heilbronn. In: Monatshefte für Kunstwissenschaft 2.1909, S. 338 – 355

Schmolz, Helmut und *Weckbach*, Hubert: Heilbronn – mit Böckingen, Neckargartach, Sontheim – Die *alte Stadt* in Wort und Bild (Veröffentlichungen des Archivs der Stadt Heilbronn Bd. 14), Weißenhorn 1966

Schnellbach, Rudolf: Ein unbekanntes *Frühwerk* des Anton Pilgram. In: Wallraf-Richartz-J.B., N.F. I, Köln 1930, S. 202 – 221

Schnellbach, Rudolf: Spätgotische *Plastik* im unteren Neckargebiet, Heidelberg 1931

Schnellbach, Rudolf: Werke aus der Jugend- und Reifezeit des Hans *Syfer*. In: Jahrbuch der preußischen Kunstsammlungen 50.1929, S. 105 – 122

Schuette, Marie und *Müller-Christensen*, Sigrid: Das Stickereiwerk, Tübingen 1963

Schuette, Marie: Der schwäbische *Schnitzaltar*, Straßburg 1907

Seeliger-Zeiss, Anneliese: Lorenz *Lechler* von Heidelberg und sein Umkreis. Studien zur Geschichte der spätgotischen Zierarchitektur in der Kurpfalz und Schwaben (Heidelberger Kunstgeschichtliche Abhandlungen, N.F. Bd. 10), Heidelberg 1967

Spike, John T.: *Fra Angelico*, München 1997

Staehle, Wilhelm: Die *Kilians-Kirche* in Heilbronn. Nach alten Quellen dargestellt, Heilbronn 1895

Titot, Heinrich: Ausführliche Beschreibung und Geschichte der evangelischen *Hauptkirche* zu Heilbronn am Neckar, Heilbronn 1833

Tönnies, Eduard: Leben und Werke des Würzburger Bildschnitzers Tilmann *Riemenschneider*, Strassburg 1900

Tripps, Johannes: Hans *Syfer* und Niklaus Gerhaert van Leyden. Ein neuer Rekonstruktionsvorschlag zum Konstanzer Retabel. In: Zeitschrift für Württembergische Landesgeschichte 51.1992, S. 117 – 129

Voege, Wilhelm: Konrad *Meits* vermeintliche Jugendwerke und ihr Meister. In: Jahrbuch für Kunstwissenschaft 1927, S. 24 ff.

Waagen, Gustav Friedrich: *Kunstwerke* und Künstler in Deutschland. Zweiter Teil: Kunstwerke und Künstler in Baiern, Schwaben, Basel, dem Elsaß und der Rheinpfalz, Leipzig 1845

Wagner-Rieger, Renate: Mittelalterliche Architektur in *Österreich* (2. Aufl.), Darmstadt 1991

Warnke, Martin: Bau und *Überbau*. Soziologie der mittelalterlichen Architektur nach den Schriftquellen, 2. Aufl. Frankfurt/M. 1979

Weber, Anton: Leben und Wirken des Bildhauers Dill Riemenschneider, 2. Aufl. Würzburg und Wien 1888

Weckbach, Hubert: Das *Stadtarchiv* – die »Seele unseres Staates«. In *Schrenk*, Christhard; *Weckbach*, Hubert: Die Vergangenheit für die Zukunft bewahren. Das Stadtarchiv Heilbronn. Geschichte – Aufgaben – Bestände (Veröffentlichungen des Archivs der Stadt Heilbronn 33), Heilbronn 1993

Weilandt, Gerhard: Ein archivalischer Neufund zur Fassung des Hochaltarretabels im Ulmer Münster. In: Ulm und Oberschwaben 49. 1994, S. 51 – 60

Wilckens, Leonie von: Die textilen Künste, München 1991

Winkler, Friedrich: Konrad *Meits* Tätigkeit in Deutschland. In: Jahrbuch der preuß. Kunstsammlungen 1924, S. 51 ff.

Wittstadt, Klaus: Der heilige *Kilian*. Mönch-Missionar-Märtyrer, Würzburg 1991

Zimmermann, Eva: Die mittelalterlichen *Bildwerke*, Badisches Landesmuseum Karlsruhe, Karlsruhe 1985

Zimmermann, Eva: Die *Syfer* – Drei spätgotische Bildhauer am Oberrhein. In: Kraichgau 4. 1974/75, S. 35 – 54

In den Anmerkungen zitierte Archivquellen

Landeskirchliches Archiv Stuttgart

- Altregistratur Ortsakten Kirchengemeinde Heilbronn, Teil-Kirchengemeinde Kilianskirche und Kirchengemeinde Öhringen
- Altregistratur 437

Stadtarchiv Heilbronn

- Stadtarchiv Akten 51
- Schul- und Kulturamt 205

Hauptstaatsarchiv Stuttgart

- RG 260 OMGUS 3/438 – 1/11

Zu den Autoren

Reinhard Lambert Auer M. A., Jahrg. 1954, Theologe und Kunsthistoriker, Pfarrer in Heilbronn, Kunstsachverständiger der Evangelischen Landeskirche in Württemberg beim Evangelischen Oberkirchenrat, Stuttgart.

Dr. Heribert Meurer, Jahrg. 1939, Oberkonservator am Württembergischen Landesmuseum in Stuttgart. Leiter des Referats Mittelalterliche Kunst.

Dr. Andreas Pfeiffer, Jahrg. 1941, Direktor der Städtischen Museen Heilbronn. Kunsthistoriker mit Forschungsschwerpunkt Europäische Skulptur.

Dr. Christhard Schrenk, Jahrg. 1958, Direktor des Stadtarchivs Heilbronn mit Forschungsschwerpunkt Heilbronner Stadtgeschichte.

Hans Westhoff, Jahrg. 1940, Restaurator am Württembergischen Landesmuseum in Stuttgart. Leitender Restaurator für Gemälde und Skulptur.

Impressum

Redaktion
Dieter Brunner / Christine Lutz

Fotografien
Roland Bauer, Braunsbach, hat für diese Publikation den Schnitzaltar in der Heilbronner Kilianskirche 1997 neu fotografiert. Von ihm stammt der Hauptteil der Abbildungen.
Die sonstigen Abbildungen stammen aus folgenden Quellen:

Abb. S. 3, 6, 24, 26: Dr. Rainer Burkhardt, Gaildorf
Abb. S. 17, 90, 92, 117, 119: Städtische Museen Heilbronn
Abb. S. 106, 109, 110, 114, 116, 121, 123: Stadtarchiv Heilbronn
Abb. S. 112: Stadtarchiv Heilbronn, Aufnahme Foto-Mangold, Heilbronn
Abb. S. 129, 130: Stadtarchiv Heilbronn, Aufnahme Jehle
Abb. S. 91, 94, 96, 98, 101-105: Peter Frankenheim, Württembergisches Landesmuseum, Stuttgart
Abb. S. 16, 18: Landesbildstelle Württemberg, Stuttgart
Abb. S. 19: Bayerisches Nationalmuseum, München
Abb. S. 64: Kurt Taube, Heilbronn
Abb. S. 126: Kurt Gramer, Bietigheim-Bissingen
Abb. S. 12, 13, 21, 22: Dr. Karl Halbauer, Fellbach-Schmiden
Abb. S. 14: Klaus Pfotenhauer, Stuttgart

Abbildungsnachweise
Abb. S. 15: Die Kunst- und Altertums-Denkmale im Königreich Württemberg, Stuttgart 1889
Abb. S. 31: Bernhard, Schongauer, S. 72
Abb. S. 45: Pächt, Van Eyck, Abb. 5
Abb. S. 53 oben rechts: Janson, Donatello, Abb. 63 a
Abb. S. 66: Bernhard, Schongauer, S. 270
Abb. S. 108: Staehle, Kilianskirche, S. 21
Abb. S. 118: Becksmann, Glasmalereien (revidiert)
Abb. S. 125 oben: Koch / Prokisch, Stadtpfarrkirche Steyr, Abb. 25
Abb. S. 125 unten: Koch / Prokisch, Stadtpfarrkirche Steyr, Abb. 2
Abb. S. 127 oben: Koch / Prokisch, Stadtpfarrkirche Steyr, Abb. 24
Abb. S. 127 unten: Koch / Prokisch, Stadtpfarrkirche Steyr, Abb. 26

Reproduktionen
Nova-Concept Kirchner & Sander, Berlin

Fotosatz
Druckerei Häußler, Leingarten

Druck und Gesamtherstellung
Wachter GmbH, Bönnigheim

Gefördert durch die Stiftung
der Kreissparkasse Heilbronn

Städtische Museen Heilbronn